A BOA SORTE

Álex Rovira Celma
Fernando Trías de Bes

A BOA SORTE

Título original: *La Buena Suerte*

Copyright © 2004 por Álex Rovira Celma e Fernando Trías de Bes
Copyright da tradução © 2004 por GMT Editores Ltda.

Todos os direitos reservados. Nenhuma parte deste livro pode ser utilizada ou reproduzida sob quaisquer meios existentes sem autorização por escrito dos editores.

tradução: Davina Moscoso de Araujo

preparo de originais: Tomás da Veiga Pereira e Valéria Inez Prest

revisão: Ana Lucia Machado, Isabella Leal, Rebeca Bolite e Sérgio Bellinello Soares

capa: DuatDesign

projeto gráfico e diagramação: Valéria Teixeira

impressão e acabamento: Bartira Gráfica

CIP-BRASIL. CATALOGAÇÃO NA PUBLICAÇÃO
SINDICATO NACIONAL DOS EDITORES DE LIVROS, RJ

C388b   Celma, Álex Rovira, 1969-
        A boa sorte/Álex Rovira Celma, Fernando Trías de Bes; tradução de Davina Moscoso de Araujo. Rio de Janeiro: Sextante, 2016.
        128 p.; 14 x 21 cm.

        Tradução de: La Buena Suerte
        ISBN 978-85-431-0325-9

        1. Conto espanhol. 2. Sucesso. 3. Negócios.
        I. Bes, Fernando Trías de. II. Araújo, Davina Moscoso de. III. Título.

15-28767   CDD 863
                                                                                  CDU 821.134.2-3

Todos os direitos reservados, no Brasil, por
GMT Editores Ltda.
Rua Voluntários da Pátria, 45 – 14º andar – Botafogo
22270-000 – Rio de Janeiro – RJ
Tel.: (21) 2538-4100
E-mail: atendimento@sextante.com.br
www.sextante.com.br

Para Guillermo Trías de Bes, meu pai, com todo meu amor e gratidão, por me ensinar as regras da Boa Sorte sem me contar nenhuma fábula, só com o exemplo.

Meu pai é, de fato, o motivo principal pelo qual sei que a Boa Sorte pode ser criada.

Foi ele quem me fez ver que, basicamente, é uma questão de fé, generosidade e Amor, com maiúscula.

Fernando Trías de Bes

A meus filhos, Laia e Pol,
e a todas as crianças para quem as
histórias são escritas. Também à criança
que sempre, seja qual for nossa idade,
levamos dentro de nós, porque nela vivem
a alegria, o desejo e a paixão pela vida,
ingredientes imprescindíveis para a
Boa Sorte.

A meus pais, Gabriel e Carmen,
por seu amor, sua fé e seu exemplo.
E a todos os pais cujo amor por seus filhos
se torna a semente da Boa Sorte.

À minha companheira, Mónica,
e a todos os seres humanos que
fazem de sua vida uma generosa
entrega ao outro, porque são exemplos
vivos de que as histórias, como a vida,
podem ter um final feliz.

Álex Rovira Celma

Sumário

PREFÁCIO	À mercê do acaso	9
PARTE I	O encontro	13
PARTE II	A lenda do Trevo Mágico	25
I	O desafio de Merlin	27
II	O Gnomo, Príncipe da Terra	33
III	A Dama do Lago	43
IV	A Sequoia, Rainha das Árvores	53
V	Ston, a Mãe das Pedras	63
VI	O encontro dos cavaleiros no Bosque Encantado	73
VII	A bruxa Morgana e a coruja visitam Nott	77
VIII	A bruxa Morgana e a coruja visitam Sid	83
IX	O vento, Senhor do Destino e da Sorte	89
X	O reencontro com Merlin	95

PARTE III	O reencontro	103
PARTE IV	Pessoas que também pensam assim	109
PARTE V	Decálogo, síntese e a nova origem da Boa Sorte	115

Agradecimentos 123

PREFÁCIO

À mercê do acaso

A vida é feita de acasos, circunstâncias e contingências – alguns felizes, outros não. Cresci ouvindo essa frase de meu avô paterno, editor de grande sucesso e com profunda experiência de vida: foi ele o fundador da editora José Olympio. Ao chegar à metade da minha jornada, me dou conta da sabedoria de suas palavras e de como o acaso esteve e está presente em todos os aspectos da minha vida e da vida dos outros. Temos a impressão de que, por mais que tentemos planejar, estamos sempre, em última instância, à mercê do acaso, e tentar controlá-lo é impossível. Será verdade?

Todos nós, quando fazemos uma retrospectiva, nos deparamos com uma grande quantidade de acasos que tiveram impacto fundamental em nossa história. Comigo não foi diferente: conheci minha mulher, companheira de 26 anos e mãe de meus três filhos, numa festa no Rio. Ela não queria ir e só foi por insistência absoluta da mãe. Nunca tínhamos nos visto antes e, se um de nós não tivesse ido à festa, corríamos o risco de jamais nos conhecermos, pois sua turma era diferente da minha.

Meu pai, editor como meu avô, deu a maior tacada profissional de sua carreira por acaso. Em 2002, estava lendo a *Publishers Weekly*, revista da indústria editorial americana, quando viu uma pequena nota sobre um livro que um autor desconhecido estava escrevendo. O tema imediatamente o interessou e ele pediu à editora um exemplar para conferir. Como a obra ainda não tinha sido publicada, ele recebeu um original e, depois de lê-lo, ficou fascinado e imaginou todo o potencial de sucesso daquele texto. Comprou os direitos autorais por 12 mil dólares e, em 2004, a Sextante lançou *O Código da Vinci*, de Dan Brown. Depois que o livro foi publicado nos Estados Unidos, uma editora espanhola comprou aqueles mesmos direitos por 1 milhão de dólares.

Este e os outros títulos do autor venderam mais de 5 milhões de exemplares no Brasil. Com parte dos lucros obtidos, meu pai realizou um projeto que lhe deu muita alegria: constituiu, em homenagem à sua mãe, o Fundo Vera Pacheco Jordão, que provê apoio permanente a várias obras sociais no Rio de Janeiro.

No filme *O curioso caso de Benjamin Button*, a questão do acaso é muito bem ilustrada na cena do acidente de Daisy (vivida por Cate Blanchett), mulher do personagem principal. Um pequeno desvio em qualquer um dos eventos que antecederam o acidente a teria livrado dele. Se o motorista do automóvel que a atingiu não estivesse fumando e olhando para a cinza que caía justamente no momento em que ela apareceu na frente do carro; se ela não se atrasasse um pouco para sair, pois alguém a chamou de última hora... A cena é meio aflitiva, pois traz um conceito de fatalidade com o qual, para mim, é muito difícil conviver.

Em contrapartida ao tema da fatalidade e da nossa impotência em controlar o futuro, gosto sempre de pensar em como posso criar a oportunidade para acasos positivos e evitar os indesejáveis.

Ir a eventos sociais é muito bom para quem quer encontrar uma companhia, fazer novos amigos ou estabelecer relacionamentos profissionais. É difícil criar acasos positivos quando se fica em casa à noite vendo televisão. No ramo empresarial, não dá para fazer um bom negócio sem se sentar a uma mesa de negociação. Achar que uma oportunidade não existe e não investir em persegui-la é certeza de não obter sucesso.

Esse tema é muito bem explorado no livro que você tem em mãos. Ele conta uma pequena fábula que encerra a mensagem de que podemos influir no nosso destino e criar precondições para acasos positivos. Há anos venho distribuindo este livro aos meus amigos e acho que seria muito bom se a rede escolar o adotasse. Mostrar que temos, sim, influência em nosso destino é um aprendizado importante.

Alain Belda, ex-presidente mundial da Alcoa – líder global na produção de alumínio – e reconhecido como um dos executivos brasileiros de maior sucesso no mundo, disse em entrevista à revista *Veja*, em 2003, que há muitas circunstâncias na vida que tornam alguém bem-sucedido: "Você tem de estar no lugar certo, na hora certa, ter a competência certa e, de repente, tudo isso se junta na mesma hora. Não tem receita do bolo. Claro que tem de trabalhar duro, mais do que os outros."

Vale lembrar a piada do sujeito avarento que sempre pedia a Deus que o ajudasse a ganhar na loteria, até que um dia as nuvens se abriram no céu, Deus apareceu e disse: "Tudo bem, eu faço você ganhar, mas, por favor, compre o bilhete!"

José Olympio Pereira
CEO Credit Suisse Brasil

PARTE I
O encontro

Em uma bela tarde de primavera, Vítor, um homem de aspecto elegante e informal, sentou-se naquele que era o seu banco preferido no maior parque da cidade. Ali, sentindo-se em paz, afrouxou o nó da gravata e apoiou seus pés descalços sobre um macio chão de trevos. Com 64 anos e uma vida cheia de realizações, Vítor gostava especialmente daquele lugar.

Mas aquela tarde seria diferente das outras, pois algo inesperado estava prestes a acontecer.

Aproximando-se do mesmo banco com a intenção de se sentar, apareceu outro homem, também com 64 anos, chamado Davi. Ele tinha um ar cansado, até mesmo abatido. Percebia-se nele uma pessoa triste, embora conservasse, à sua maneira, certo ar de dignidade. Davi estava passando por grandes dificuldades naquele momento. Na verdade, havia anos que as coisas não iam bem para ele.

Davi sentou-se ao lado de Vítor e seus olhares se cruzaram. O estranho foi que tanto um quanto o outro, ao mesmo tempo, pensaram que algum vínculo os unia, algo longínquo, mas intimamente familiar.

– Você é o Vítor? – perguntou Davi com respeito.

– E você é o Davi? – retrucou Vítor, já certo de que reconhecia naquela pessoa o seu velho amigo.

– Não é possível!

– Não acredito, depois de tanto tempo!

Eles se levantaram e se abraçaram soltando uma grande risada.

Vítor e Davi tinham sido melhores amigos na infância, dos dois aos dez anos. Eram vizinhos no modesto bairro onde viveram os primeiros anos de vida.

– Reconheci você por esses inconfundíveis olhos azuis! – disse Vítor.

– E eu te reconheci por esse olhar tão límpido e sincero que você tem há... 54 anos e que não mudou em nada! – respondeu Davi.

Eles então compartilharam boas histórias da infância e lembraram lugares e pessoas que acreditavam ter esquecido. Vítor, que viu no semblante do amigo uma sombra de tristeza, disse a ele:

– Meu velho amigo, conte-me como foi sua vida...

Davi encolheu os ombros e suspirou:

– Minha vida foi uma sucessão de erros.

– Por quê? – perguntou Vítor.

– Você deve lembrar que eu e minha família deixamos o bairro onde éramos vizinhos quando tínhamos dez anos, que desaparecemos um dia e que nunca mais se ouviu falar de nós. O motivo foi que meu pai herdou uma enorme fortuna de um tio distante que não tinha descendentes. Fomos embora sem dizer nada a ninguém. Meus pais não queriam que soubessem da sorte que tivemos. Mudamos de casa, de carro, de vizinhos e de amigos. Foi naquele momento que você e eu perdemos contato.

– Mas então foi por isso! – exclamou Vítor. – Sempre nos perguntamos o que teria acontecido... A fortuna era assim tão grande?

– Era sim. Além disso, parte importante da herança era uma grande empresa têxtil em pleno funcionamento e rica em recursos. Meu pai, inclusive, a fez crescer ainda mais. Quando morreu, eu assumi seu lugar à frente do empreendimento. Porém, tive muita falta de sorte. Tudo foi contra mim – contou Davi.

– O que aconteceu?

– Durante muito tempo não fiz qualquer mudança, pois tudo ia mais ou menos bem. Porém, logo começaram a aparecer concorrentes por toda parte e as vendas caíram. Como nosso produto era o melhor, eu tinha esperança de que os clientes percebessem que a concorrência não oferecia a mesma qualidade. Mas os clientes não entendiam de tecidos. Se entendessem de verdade, teriam se dado conta. Em vez disso, procuravam cada vez mais as novas marcas que iam aparecendo no mercado.

Davi parou para tomar fôlego. Recordar tudo aquilo não era nada agradável. Vítor estava quieto, sem saber o que dizer.

– Perdi muito dinheiro, embora a empresa continuasse sobrevivendo. Tentei reduzir os custos de todas as maneiras, mas, quanto mais eu os cortava, mais as vendas caíam. Estive a ponto de criar uma marca própria, mas não tive coragem. O mercado pedia marcas estrangeiras e isso me deixou no limite. Como último recurso, pensei em abrir uma cadeia de lojas próprias. Demorei a tomar uma decisão e, quando o fiz, não era possível arcar com o custo dos aluguéis com o faturamento da empresa. Comecei a atrasar o pagamento das contas e acabei tendo que vender os ativos que tinha: a fábrica, meus terrenos, minha casa, todas as minhas propriedades... Tive tudo na mão, tive tudo que quis e depois perdi. A sorte nunca me acompanhou.

– O que você fez então? – perguntou Vítor.

– Nada. Não sabia o que fazer. Todas as pessoas que antes me elogiavam naquele momento me deram as costas. Fui de um emprego a outro, mas não me adaptei ou não conseguiram me entender. Cheguei até a passar fome. Há mais de 15 anos sobrevivo como posso, ganhando a vida com as gorjetas que consigo arranjar levando recados e recebendo ajuda das pessoas que me conhecem no bairro modesto onde moro agora. A falta de sorte sempre esteve ao meu lado.

Como não tinha vontade de continuar falando, Davi perguntou ao amigo de infância:

– E você, como foi sua vida? Teve sorte?

Vítor sorriu consigo mesmo.

– Como você deve lembrar, meus pais eram pobres, mais pobres do que os seus quando viviam no bairro. Minhas origens são mais do que humildes, você sabe muito bem. Muitas noites não tínhamos sequer o que comer. De vez em quando, sua mãe chegava até a nos levar alguma comida porque sabia que lá em casa as coisas iam mal. Como não pude ir ao colégio, estudei na "universidade da vida". Comecei a trabalhar com dez anos, logo depois de vocês terem desaparecido misteriosamente. No início, lavei carros. Em seguida, trabalhei como mensageiro em um hotel. Mais tarde, consegui progredir e fui porteiro de vários hotéis de luxo. Até que, com 22 anos, percebi que eu podia ter sorte se me empenhasse.

– E o que aconteceu? – perguntou Davi.

– Com um empréstimo no banco e todas as minhas economias, comprei uma pequena fábrica que produzia bolsas de pelica e que estava a ponto de fechar. Como eu via todo tipo de bolsas nos restaurantes e nos luxuosos hotéis onde trabalhava, sabia do que as pessoas com dinheiro gostavam. Só precisava fazer o que tantas vezes tinha visto enquanto carregava as bagagens dos hóspedes. No princípio, era eu mesmo que produzia e vendia os produtos. Trabalhei de noite e nos fins de semana. O primeiro ano foi muito bom e voltei a investir tudo o que havia ganhado na compra de mais material e em viagens por todo o país para ver o que estava sendo fabricado em outros lugares. Precisava saber mais do que todo mundo sobre bolsas de pelica. Aprendi muito visitando as lojas e, sempre que possível, perguntava a todas as mulheres que via o que elas gostavam e não gostavam em suas bolsas.

Vítor, que se lembrava daqueles anos com verdadeira paixão, prosseguiu:

– As vendas foram crescendo. Durante dez anos, continuei reinvestindo tudo o que ganhava. Procurei oportunidades onde pensava que elas pudessem existir. Todo ano mudava os modelos das bolsas que vendiam mais: elas nunca deixavam de ter uma novidade. Nunca esperei até o dia seguinte para resolver um problema da fábrica. Tentei ser o responsável por tudo o que acontecia ao meu redor. Fui adquirindo pequenas fábricas, uma atrás da outra, até construir uma grande indústria. Finalmente, consegui criar um próspero negócio. A verdade é que não foi fácil, mas o resultado superou totalmente o que imaginei quando comecei tudo isso.

Davi interrompeu o amigo, tentando diminuir a intensidade de seu último comentário:
– Você não acha que, na verdade, teve muita sorte?
– Você acredita nisso? Você acha realmente que foi apenas sorte? – perguntou Vítor surpreso.
– Não quis te ofender nem menosprezar o seu feito – respondeu Davi, constrangido. – Mas acho difícil de acreditar que foi apenas você o responsável pelo seu sucesso. A sorte sorri a quem o destino, caprichosamente, escolhe. Para você ela sorriu; para mim, não. Isso é tudo, caro amigo.
Vítor ficou pensativo. Depois de um tempo, respondeu:
– Sabe, eu não herdei nenhuma grande fortuna, mas ganhei algo muito melhor do meu avô... Você conhece a diferença entre a sorte e a Boa Sorte, com maiúsculas?
– Não conheço – respondeu Davi, sem mostrar interesse.
– Aprendi a diferença entre a sorte e a Boa Sorte com uma fábula que meu avô costumava contar na época em que morava lá em casa. Sempre pensei e continuo pensando que essa história mudou minha vida. Acompanhou-me em momentos de medo, de dúvida, de incerteza, de confusão e também nas horas de alegria, felicidade e gratidão. Graças a ela, decidi comprar a pequena fábrica com o resultado de seis anos de muito esforço e com todas as minhas economias. Foi também essa história que influenciou outras importantes decisões que se revelaram cruciais na minha vida.
Vítor continuou falando, enquanto Davi, com a cabeça afundada entre os ombros, olhava para o chão.
– Talvez aos 64 anos ninguém esteja mais a fim de ouvir histórias, mas nunca é tarde para escutar algo que possa ser

útil. Como diz o ditado: "Enquanto há vida, há esperança." Se você quiser, eu posso te contar.

Como Davi ficou quieto, Vítor foi em frente:

– É uma história que ajudou muitas pessoas. Não só gente do mundo dos negócios, mas também profissionais de todos os ramos. As pessoas que aprenderam e aplicaram a diferença entre a simples sorte e a Boa Sorte conseguiram excelentes resultados nas empresas em que trabalhavam. Para outras ela serviu até mesmo para ajudá-las a encontrar o amor. Foi útil também a esportistas, artistas, cientistas e pesquisadores. E lhe digo isso porque pude observar em primeira mão: tenho 64 anos e constatei o efeito dessa lenda na vida de muitas pessoas.

Mais animado e talvez movido pela curiosidade, Davi finalmente falou:

– Está bom, então conte-me: qual é a diferença entre a sorte e a Boa Sorte?

Vítor refletiu antes de responder:

– Quando sua família recebeu a herança, vocês tiveram sorte. Essa sorte, porém, não dependeu de vocês mesmos, por isso não durou muito. Só houve um pouco de sorte e é por esse motivo que agora você não tem nada. Eu, ao contrário, me dediquei a criar a sorte. A sorte, sozinha, não depende de você. A Boa Sorte *depende unicamente de você*. Ela é que é a verdadeira. Me arrisco até a dizer que a primeira simplesmente não existe.

Davi não conseguia acreditar no que estava ouvindo.

– Você está me dizendo que a sorte não existe?

– Bem, digamos que sim, que ela exista, mas é improvável que ela aconteça especialmente a você ou a qualquer outra pessoa... E, mesmo que aconteça, não dura muito, é passageira. Você sabia que quase 90% das pessoas que acertam na loteria não demoram mais de dez anos para se arruinar ou voltar a estar como antes? A Boa Sorte, ao contrário, é possível desde que você se dedique a ela. É por isso que é chamada de Boa Sorte: porque é *a boa,* a verdadeira.

– Por que é a *verdadeira?* Qual é a diferença? – insistiu Davi, que começava a se sentir intrigado com as palavras do amigo.

– Quer ouvir a história? – perguntou Vítor.

Davi ficou em dúvida por alguns instantes, mas acabou percebendo que, mesmo sem poder voltar no tempo, não perderia nada em escutar. Além disso, era agradável pensar que seu melhor amigo da infância iria lhe contar uma fábula. Fora o fato de que já fazia anos que ninguém lhe contava algo como se ele ainda fosse uma criança.

– Está bem, vá em frente – concordou por fim.

PRIMEIRA REGRA DA BOA SORTE

A sorte não dura muito tempo,
pois não depende de você.

A Boa Sorte é criada por você mesmo,
por isso dura para sempre.

PARTE II

A lenda do Trevo Mágico

I

O desafio de Merlin

Há muitos e muitos anos, em um reino muito distante, um mago chamado Merlin reuniu nos jardins do castelo real todos os cavaleiros do lugar e lhes disse:

– Já faz tempo que muitos de vocês me pedem um desafio. Alguns sugeriram a organização de um torneio entre todos os cavaleiros do reino. Outros mencionaram um concurso de destreza com a lança e a espada. Vou, no entanto, propor-lhes algo diferente.

A expectativa era enorme. Merlin continuou:

– Soube que, dentro de sete luas, vai nascer em nosso reino o Trevo Mágico.

Houve então uma comoção, murmúrios e exclamações entre os cavaleiros. Alguns já sabiam do que se tratava; outros, não. Merlin impôs ordem na assembleia.

– Calma, calma! Deixem-me explicar o que é o Trevo Mágico. É um trevo de quatro folhas único, que dá a quem o possui um poder igualmente único: *a sorte sem limites*. Sem limite de tempo nem de espaço. Proporciona sorte no combate, sorte no comércio, sorte no amor, sorte na riqueza... sorte ilimitada!

Os cavaleiros recomeçaram a falar entre si com grande entusiasmo. Todos queriam encontrar o Trevo Mágico de Quatro Folhas. Alguns chegaram a ficar de pé e começaram a emitir gritos de vitória e fazer invocações aos deuses.

Merlin, novamente, conseguiu aplacar o tumulto e retomar a palavra:

– Silêncio! Ainda não lhes disse tudo. O Trevo Mágico de Quatro Folhas nascerá no Bosque Encantado, para além das 12 colinas, atrás do Vale do Esquecimento. Não sei onde ele nascerá exatamente, mas sei que será em algum lugar do bosque.

Aquela empolgação inicial veio abaixo. Primeiro fez-se um silêncio e, em seguida, os suspiros de desânimo soaram por todo o jardim. Afinal, o Bosque Encantado era tão extenso quanto toda a parte habitada do reino. Eram milhares de hectares de mata densa e cerrada. Como encontrar um minúsculo trevo de quatro folhas naquele espaço imenso? Teria sido cem mil vezes mais fácil procurar uma agulha no palheiro! Pelo menos, isso seria um desafio possível.

Diante da dificuldade da empreitada, a maioria dos cavaleiros foi abandonando o castelo real, murmurando queixas e lançando olhares de desaprovação a Merlin ao passar por ele:

– Avise-me quando tiver um desafio que possa ser vencido – disse um.

– Se eu soubesse que se tratava disso, não teria me dado o trabalho de vir aqui – reclamou outro.

– Que desafio! Por que não nos envia a um deserto para encontrar um grão de areia azul? Seria mais fácil! – alfinetou outro, com ironia.

Um a um, os cavaleiros deixaram o jardim, atravessando

as dependências do castelo para voltarem a seus cavalos. Somente dois permaneceram.

– E então? – perguntou Merlin. – Vocês também não vão embora?

Um deles, que se chamava Nott e usava uma capa preta, disse:

– Não há dúvida que é difícil. O Bosque Encantado é enorme. Sei, porém, a quem perguntar. Acho que posso encontrar o trevo de que você fala. Vou buscar o Trevo Mágico de Quatro Folhas. Esse trevo será meu.

O outro, que se chamava Sid e usava uma capa branca, permaneceu em silêncio até que Merlin lhe dirigiu um olhar questionador. Ele então disse:

– Se você diz que o Trevo Mágico de Quatro Folhas, o trevo da sorte ilimitada, vai nascer no bosque, é porque assim será. Acredito em sua palavra. Por isso irei até lá.

Assim, ambos os cavaleiros partiram em direção ao Bosque Encantado. Nott em seu cavalo negro, Sid em seu cavalo branco.

SEGUNDA REGRA
DA BOA SORTE

Muitos são os que querem
ter a Boa Sorte, mas poucos são
os que decidem buscá-la.

II

O Gnomo, Príncipe da Terra

A viagem até o Bosque Encantado era longa e eles levaram dois dias para chegar até lá. Restavam, portanto, somente cinco dias para encontrar o lugar onde nasceria o Trevo Mágico. Não havia tempo a perder. Apesar disso, os dois cavaleiros resolveram descansar durante a noite antes de iniciar a procura.

Nott e Sid viajaram separadamente e não se encontraram em nenhuma das paradas que fizeram para dar água a seus cavalos. Assim, um não sabia o lugar do bosque em que o outro estava.

O Bosque Encantado era muito escuro, até mesmo durante o dia, pois as imensas copas das árvores mal deixavam que os raios de sol chegassem ao chão. A noite foi escura, fria e silenciosa, mas ainda assim os habitantes da mata perceberam a presença dos dois visitantes.

Bem cedo na manhã seguinte, decidido a encontrar o trevo, Nott teve a seguinte ideia: "O Trevo Mágico nascerá no chão. Quem conhece melhor cada palmo de terra do Bosque Encantado? Muito fácil: o Príncipe da Terra, quer dizer, o Gnomo. Ele mora debaixo da terra e construiu túneis subterrâneos em cada canto do Bosque Encantado. Ele me dirá onde o Trevo Mágico de Quatro Folhas irá brotar."

Nott, o cavaleiro do cavalo negro e da capa negra, perguntou então a todos os estranhos seres com que cruzou pelo caminho onde poderia encontrar o Gnomo, até que finalmente se viu diante dele.

– O que você quer? – perguntou o Gnomo. – Disseram-me que passou o dia todo procurando por mim.

– É verdade – afirmou Nott enquanto descia de seu cavalo. – Soube que dentro de cinco noites nascerá aqui o Trevo Mágico de Quatro Folhas. Como um trevo só pode brotar da terra, você, que é o Príncipe da Terra, deve saber o lugar em que ele brotará. Você é o único que conhece cada palmo do subterrâneo deste imenso bosque. Conhece como ninguém todas as raízes de todas as plantas, arbustos e árvores que há neste lugar. Se o trevo vai nascer dentro de cinco noites, você já deve ter visto suas raízes. Diga-me onde ele está.

– Hummmmmmmmm – pensou o Gnomo.

– Você sabe tão bem quanto eu – continuou Nott – que o Trevo Mágico proporciona sorte ilimitada somente aos cavaleiros, portanto não tem nenhum valor para você, que é um Gnomo, nem para os outros habitantes do Bosque Encantado. Diga-me onde nascerá. Eu sei que você sabe o lugar.

O Gnomo respondeu:

– Conheço os poderes do Trevo Mágico de Quatro Folhas. E sei que sua sorte ilimitada só contempla os cavaleiros que o possuírem, mas não vi suas raízes em nenhum local deste bosque. E mais: no Bosque Encantado nunca nasceram trevos. É impossível que o trevo brote aqui. Quem lhe disse isso provavelmente o enganou.

– Não será você que está me enganando? Já não terá dito a Sid, o cavaleiro do cavalo branco e da capa branca, onde nascerá o Trevo Mágico? – perguntou Nott num tom desafiador.

– Não sei do que você está falando! Não conheço esse Sid e não tenho ideia de quem disse semelhante besteira. Neste bosque nunca houve um só trevo, nem sequer de três folhas: os trevos não nascem aqui simplesmente porque não podem!!! Deixe-me em paz. Vivo neste bosque há mais de 150 anos e jamais me haviam feito uma pergunta tão estúpida. Adeus!

Nott considerou então a empreitada impossível.

"Não é a primeira vez que encontro alguém que não está à minha altura", pensou. Montou de novo em seu cavalo, deu meia-volta e achou melhor esperar até o dia seguinte. Talvez o Gnomo tivesse razão: Merlin poderia ter cometido um erro em relação ao lugar ou à data.

À medida que se afastava do Gnomo, montado em seu corcel negro, Nott sentiu o que costumam sentir aqueles a quem se diz que sua sorte não é possível: teve um pouco de medo. O mais fácil, porém, foi substituir o medo pela incredulidade.

"Simplesmente não pode ser." Foi exatamente isso que passou pela cabeça dele. Assim, decidiu ignorar o que ouvira do Gnomo.

"Amanhã será outro dia e talvez a sorte me espere em um lugar diferente", pensou.

Enquanto isso, Sid, o cavaleiro da capa branca, teve na manhã do terceiro dia exatamente a mesma ideia que Nott. Ele também sabia que o Gnomo era o mais indicado para lhe dizer onde o Trevo Mágico poderia nascer. Passou o dia tentando encontrá-lo, perguntou a todos os habitantes do bosque com os quais cruzava pelo caminho até que, finalmente, encontrou o Gnomo alguns minutos depois de o cavaleiro Nott tê-lo deixado resmungando em frente a uma das entradas de sua caverna de incontáveis túneis.

– É você o Gnomo do Bosque Encantado, a quem chamam de Príncipe da Terra? – perguntou Sid enquanto saltava do cavalo.

– Sim, sou eu! Ai caramba, outro iluminado! E você, o que deseja?

– Soube que dentro de cinco noites nascerá no bosque o Trevo Mágico de Quatro Folhas e pensei que... – Sid não pôde acabar a frase.

O Gnomo ficou vermelho como um pimentão e encheu os pulmões e as bochechas de ar como se fosse estourar.

– Que história é essa desse maldito Trevo Mágico hoje?! Já disse ao outro cavaleiro: não há nem jamais houve trevos da sorte neste bosque. Simplesmente não podem nascer trevos aqui. Quem afirmou o contrário está errado, está fazendo uma brincadeira de mau gosto ou bebeu além da conta. O melhor que vocês podem fazer é voltar a seus castelos ou sair em socorro de alguma dama em perigo. Aqui estão perdendo seu tempo.

Sid percebeu que algo estranho estava acontecendo. Segundo Merlin, um Trevo Mágico nasceria no bosque, mas, de acordo com o Gnomo, era impossível que nas atuais circunstâncias nascesse ali qualquer trevo. Os dois provavelmente diziam a verdade, mas talvez cada um tivesse a própria verdade. Portanto, continuar procurando o Trevo Mágico poderia ser uma perda de tempo. Se, como o Gnomo dissera, fosse impossível brotar um trevo naquele lugar nas atuais circunstâncias, então se tratava de *saber o que estava faltando* para que um trevo pudesse nascer ali. Assim, Sid lhe perguntou enquanto procurava acalmá-lo:

– Espere, espere! Você disse que nunca nasceram trevos em todo o Bosque Encantado?!?

– Nunca, jamais! – resmungou o Gnomo enquanto entrava em sua toca.

– Não vá embora ainda, por favor. Explique-me por quê. Quero saber por que nunca nasceram trevos neste bosque.

O Gnomo deu meia-volta e respondeu:

– Por causa da terra. É evidente que é por causa dela. *Ninguém nunca renovou esta terra.* Os trevos precisam de terra fresca e arada, e a terra deste bosque é dura, compacta. Se ela nunca foi renovada ou arada, como é que pode nascer um único trevo por aqui?

– Portanto, Gnomo, Príncipe da Terra, se eu quisesse ter uma só chance, ainda que apenas uma, de que crescesse um único trevo no bosque... eu deveria *renovar* a terra, *trocá-la*? – perguntou Sid.

– Obviamente. *Ou você não sabe que só se consegue coisas*

novas quando se faz algo novo? Se a terra não for trabalhada, a situação continuará a mesma: não nascerá nenhum trevo.

– E você sabe onde posso encontrar terra *fértil*?

O Gnomo já estava com meio corpo na toca e com uma das mãos pronta para fechar a portinhola de madeira que o separava do mundo exterior. Ainda assim respondeu a Sid:

– Há terra nova e fértil no território das Cowls, que fica perto daqui. É uma terra rica, porque é onde as Cowls, que são vacas anãs, depositam seu estrume. É por isso que aquela terra é boa.

O cavaleiro agradeceu efusivamente ao Gnomo. Montou entusiasmado em seu cavalo branco e cavalgou sem perder tempo em direção ao território das Cowls. Sabia que suas chances não eram muitas, mas, pelo menos, *já tinha alguma coisa*.

Chegou ao território das vacas anãs ao anoitecer. Foi muito fácil encontrar a terra de que falara o Gnomo. Era uma terra realmente fresca, arada e muito bem adubada. Ele só pôde encher dois alforjes, que era tudo o que levava no cavalo. Era o suficiente para uma pequena extensão de terreno.

Em seguida, o cavaleiro Sid rumou com seus alforjes de terra nova para uma área bastante tranquila do bosque, longe de qualquer povoado. Encontrou um lugar que lhe pareceu adequado e arrancou as ervas e o mato que havia ali. Depois removeu a terra velha, aquela que nunca havia sido *renovada*, a de *sempre*. Finalmente, jogou a terra *nova* no solo.

Quando terminou, foi dormir. Mas ele só havia encontrado terra para uns poucos metros quadrados. Seria justamente aquele o lugar escolhido no qual nasceria o Trevo Mágico? Para ser realista, seria muito improvável ter tanta sorte. Uns poucos metros entre milhares de hectares era como uma probabilidade em cem milhões. No entanto, uma coisa era certa: ele *havia feito algo diferente* de tudo que tinha sido feito no bosque até então. Se não existiam trevos ali, se ninguém nunca os encontrara, era porque todos os que tentaram haviam se limitado a repetir as coisas de sempre, as que todo mundo fazia. Como bom cavaleiro, Sid sabia que *fazer coisas diferentes* era o primeiro passo para conseguir algo diferente.

Ainda assim ele sabia que eram mínimas as chances de que o Trevo Mágico de Quatro Folhas brotasse exatamente no lugar onde tinha escolhido para colocar a pouca terra fértil de que dispunha. Mas, pelo menos, já sabia por que não havia trevos. E no dia seguinte saberia mais. Disso tinha certeza.

Deitado com a cabeça apoiada no chão, Sid olhava a terra que acabara de colocar sobre o solo. Pensou que o Gnomo dizia *sua* verdade e que Merlin também expressara *sua* verdade. Eram duas verdades *aparentemente* contraditórias. No entanto, agindo daquela forma, colocando terra nova sobre a terra de sempre, essa *aparente* contradição desaparecera.

"Se não existiram trevos no passado, isso não significa necessariamente que no futuro eles não possam nascer aqui, uma vez que as condições do solo agora são diferentes", pensou.

Adormeceu imaginando o trevo brotando da terra *nova* que havia espalhado. *Sonhar* com isso o ajudava a esquecer a pequena probabilidade de que aqueles poucos metros fossem os escolhidos pelo destino para acolher o Trevo Mágico.

O sol se pôs. Restavam somente quatro noites.

TERCEIRA REGRA
DA BOA SORTE

Se você não tem a Boa Sorte agora,
talvez seja porque está sob as
circunstâncias de sempre.

Para que ela chegue,
é preciso criar novas circunstâncias.

III

A Dama do Lago

O quarto dia amanheceu muito mais frio do que os outros. O canto dos canários, pintassilgos, melros e rouxinóis abafou o dos grilos.

Nott montou em seu cavalo e pensou que a informação que o Gnomo lhe dera era realmente preocupante: "É impossível que trevos nasçam no Bosque Encantado." E mais, nunca havia brotado um só trevo ali e o Gnomo sabia o que estava falando.

De qualquer modo, talvez o Gnomo o estivesse enganando. Sabia que não podia confiar plenamente em suas palavras. Embora esse pensamento não o levasse a lugar nenhum, ao menos o tranquilizava. Decidiu dedicar o dia a encontrar alguém capaz de desmentir a informação do Gnomo. Isso colocaria novamente a sorte em suas mãos.

Depois de cavalgar por mais de cinco horas, Nott avistou ao longe, no meio do denso bosque, um grande lago. Como estava com sede e imaginava que seu cavalo também estivesse sedento, decidiu aproximar-se da água.

Era um lago muito bonito. Estava cheio de nenúfares com flores amarelas e brancas. Bebeu um pouco d'água e se sentou às margens do lago, enquanto seu cavalo bebia vorazmente. De repente, uma voz atrás dele o surpreendeu:

– Quem é você?

Era uma voz feminina, doce e ao mesmo tempo profunda, frágil mas firme, sedutora porém desafiante. Era a Dama do Lago, uma mulher de beleza e perfeição nunca vistas, modelada com a forma da água e que emergia do lago de uma forma impressionante.

Nott havia ouvido falar dela. Rapidamente percebeu que podia conseguir com essa dama a informação sobre sua tão importante missão.

– Sou Nott, o cavaleiro da capa preta.

– O que você e seu cavalo estão fazendo perto do meu lago? Já mataram a sede. O que querem agora? Estão acordando meus nenúfares e esta é a hora do sono deles. Meus nenúfares dormem durante o dia e cantam à noite. Se eles acordarem, esta noite não cantarão. Seu canto evapora a água do lago durante a noite. Se eles não cantarem, a água não vai evaporar. Se a água não evaporar, o lago transbordará e, se o lago transbordar, muitas flores, plantas e árvores morrerão afogadas. Fique em silêncio e desapareça! Não acorde meus nenúfares!

– Calma, calma! – interrompeu Nott enfaticamente. – Não me conte sua vida. Seus problemas não me interessam. Já estou indo embora. Só quero fazer-lhe uma pergunta. Dama do Lago, você que fornece água a todo o Bosque Encantado, você que rega todos os cantos deste lugar, diga-me: onde crescem os trevos aqui?

Ela começou a rir. Eram gargalhadas tristemente brincalhonas. Ria com uma estranha discrição. O riso era agudo, mas também grave. Quando parou de rir, ficou séria e afirmou:

– Os trevos não podem nascer neste bosque! Não vê que a água que distribuo daqui chega a todas as partes por infiltração? Não sai de mim através de rios e regatos; é filtrada pelas paredes do lago e chega a todos os pontos do Bosque Encantado. Por acaso viu poças em algum lugar deste bosque? Os trevos necessitam de muita água. Precisam que um riacho lhes leve água permanentemente. Jamais encontrará um trevo neste bosque.

A Dama do Lago mergulhou de novo. Foi impressionante. O vapor d'água que lhe dava forma se diluiu e, simplesmente, caiu no lago como se fossem milhares de gotas de chuva.

Nott quase não prestou atenção ao maravilhoso espetáculo que acabara de ver. Estava farto de ouvir a mesma história. Sério e pensativo, se perguntou o que estaria acontecendo. Começava a tomar consciência de que poderia ser verdade que *ele nunca teria sorte*. Isso lhe provocou um medo mais intenso do que o que sentira no dia anterior após falar com o Gnomo.

"Preciso encontrar alguém que me diga o contrário. Tenho que falar com alguém que me assegure que a sorte está aqui, que o Trevo Mágico pode brotar no Bosque Encantado", disse a si mesmo.

Começou a odiar a *sorte*. Era algo abominável. Era a coisa

mais desejada, mas também a mais inacessível do mundo. Ele não podia suportar esse sentimento. Esperar a sorte o deprimia, mas era tudo o que podia fazer, já que... que alternativa ele tinha?

Sentindo-se assim, voltou a montar seu cavalo e cavalgou pelo resto do dia, vagando pelo Bosque Encantado, sem direção, na esperança de ter a *sorte* de encontrar o Trevo Mágico de Quatro Folhas.

Naquele mesmo dia, o cavaleiro Sid se levantou um pouco depois da hora que tinha acordado no dia anterior. Como havia renovado a terra até tarde, resolveu dormir uma hora a mais.

Enquanto comia umas maçãs, que compartilhou com seu cavalo branco, pensou no que faria naquele dia.

"Já tenho a terra, agora preciso saber de quanta água vou precisar. A probabilidade de ter escolhido o lugar certo é mínima, eu sei. Mas, se este for o lugar *escolhido*, então devo fazer com que a terra receba a quantidade adequada de água."

Ele não teve a menor dúvida. Não era segredo que, de todos os habitantes do Bosque Encantado, a Dama do Lago era a única que tinha água.

Custou-lhe um pouco encontrá-la. Precisou perguntar aqui e ali e pedir a ajuda de vários animais que encontrou no caminho.

Ele chegou ao lago alguns minutos depois de Nott ter saído. Aproximou-se bem devagar. Procurava não fazer barulho, mas, sem querer, pisou em uma casca de noz, que estalou. Imediatamente, a Dama do Lago emergiu, imponente. Ela repetiu a mesma queixa que havia feito a Nott:

– O que você e seu cavalo branco estão fazendo perto do meu lago? O que querem? Estão acordando meus nenúfares. É a hora de sono deles. Meus nenúfares dormem de dia e cantam à noite. Se forem acordados, esta noite não cantarão. Seu canto evapora a água do lago durante a noite. Se eles não cantarem, a água não vai evaporar. Se a água não evaporar, o lago transbordará e, se o lago transbordar, muitas flores, plantas e árvores morrerão afogadas. Fique em silêncio e desapareça! Não acorde meus nenúfares!

Sid ficou atônito. Não só pela magnificência do espetáculo que acabara de ver, mas pelo grave problema que a Dama do Lago lhe revelara. Ele precisava de água para regar a área escolhida. Contudo, sem dúvida acordaria os nenúfares se dedicasse todo o dia a apanhar água do lago.

As coisas estavam ficando complicadas. Não havia água em nenhum outro lugar do Bosque Encantado. O que fazer? Como ele era uma pessoa sensível, a beleza, a tristeza e a ansiedade na voz da Dama do Lago o levaram a se interessar pelo seu problema e a tentar ajudá-la.

– Diga-me, por que não sai água deste lago? De todos os lagos nascem regatos ou rios.

– Eu... eu... – pela primeira vez, a voz da Dama do Lago era uma voz sem contrastes, uma voz triste, uma voz de dor. – Porque não há continuidade no meu lago. Não há novos rios que saiam de mim. Eu só recebo água, mas nenhum riacho brota de meu seio. Por isso tenho que viver sempre esperando que os nenúfares durmam para que possam cantar à noite. Durante o dia fico acordada para velar o sono deles e à noite seus cantos não me deixam desfrutar do sono. Vivo escrava da minha água. Por favor, vá embora e não desperte meus nenúfares.

Sid então percebeu que o lago tinha em abundância justamente o que lhe fazia falta: água.

– Eu posso ajudá-la – ele propôs. – Diga-me, porém, uma coisa: de quanta água um trevo precisa?

A Dama do Lago respondeu:

– Precisa de água em abundância, de água clara de um riacho. A terra na qual nascem os trevos deve estar sempre úmida.

– Então posso ajudá-la e você pode me ajudar!

– Sccchhhhhh! Não grite assim que um nenúfar já acordou. Explique-me como.

– Se você me permitir, abrirei um sulco na margem do lago para que um regato nasça a partir de você, e assim conseguirei que a água não se acumule mais em seu seio. Não farei barulho, pois cavarei com cuidado um sulco na terra e a água sairá do seu lago. Dessa maneira, não haverá mais necessidade de se preocupar com os nenúfares. Você poderá dormir sempre que quiser.

A Dama do Lago ficou pensativa, mas depois concordou:

– Está bem. Mas não faça barulho.

Imediatamente, para espanto de Sid, ela desapareceu.

Sem esperar um instante, ele improvisou uma enxada com sua espada e a pendurou no lombo de seu cavalo. Dessa forma, à medida que voltava ao terreno que escolhera, a espada cavava um sulco no solo e a água os seguia, liberando o lago de sua pesada carga. A água chegou até à terra fresca e fértil. Sid havia conseguido: ele havia encharcado a terra criando um riacho de água clara, o que nunca existira antes no Bosque Encantado.

Assim, ele se preparou para dormir no espaço que havia criado. Refletiu sobre o que acontecera e lembrou-se do que seu mestre sempre lhe dizia: a vida lhe devolve o que você lhe dá. Os problemas dos outros são, frequentemente, a metade de suas soluções. Quem compartilha sempre ganha mais.

Era justamente o que havia ocorrido: ele já estava disposto a renunciar à água, mas, quando começou a entender o problema da Dama do Lago, percebeu que ambos precisavam da mesma coisa e que, com *uma só ação, os dois sairiam ganhando*.

Curiosamente, Sid percebeu que estava cada vez menos preocupado se o lugar que escolhera seria realmente onde o Trevo Mágico nasceria. Talvez devesse se sentir um pouco tolo por trabalhar tanto por um lugar onde o trevo provavelmente não nasceria. Mas não se sentia assim. A certeza de que estava fazendo o que devia era mais forte do que pensar se teria *sorte* ou não com a escolha do lugar. Por quê? Não sabia. Talvez porque regar é o que é preciso fazer depois de arar e cuidar da terra. Ele fazia o que tinha de ser feito.

É claro que ele sabia que era muito pouco provável que o lugar que escolhera para renovar a terra e regá-la seria justamente o destinado a brotar o Trevo Mágico de Quatro Folhas. Mas ele conhecia duas razões que impediam o nascimento de trevos no bosque. No dia seguinte teria mais informações. Tinha certeza disso.

Com a cabeça pousada no chão, ele tentava adormecer enquanto olhava com esperança a terra nova regada pelo riacho. Mais uma vez visualizou o Trevo Mágico brotando e crescendo. Nesta noite, porém, a imagem do trevo apareceu em sua mente mais nítida e real do que na noite anterior. Isso o deixou feliz.

A noite caiu. Só restavam três noites.

QUARTA REGRA DA BOA SORTE

Preparar as condições favoráveis para a Boa Sorte não significa buscar somente o benefício para si mesmo.

Criar as condições nas quais os outros também ganham atrai a Boa Sorte.

IV

A Sequoia, Rainha das Árvores

Na manhã seguinte, Nott, o cavaleiro da capa preta, se levantou muito desanimado. Considerando as informações do Gnomo e da Dama do Lago, estava perdendo tempo. Seu empenho não seria em vão? Chegou a pensar em voltar. No entanto, a viagem até o Bosque Encantado tinha sido longa e, já que estava ali, optou por ficar até o sétimo dia. Talvez finalmente encontrasse alguém que lhe dissesse onde achar o Trevo Mágico de Quatro Folhas.

Nott não sabia o que fazer. Com quem poderia falar agora? Montado em seu cavalo, vagou pelo bosque sem ter aonde ir. Cruzou com toda espécie de seres estranhos, mas não achou nenhum trevo. Enquanto cavalgava, olhava para o chão procurando uma pista capaz de indicar onde aquele trevo poderia germinar.

De repente, percebeu que não falara ainda com a Sequoia, o primeiro habitante do Bosque Encantado. Ela saberia lhe dizer algo.

Como diziam que a Sequoia era a primeira árvore nascida no Bosque Encantado, ele cavalgou até o centro da mata, onde a encontrou. Nott apeou do cavalo e aproximou-se. Sabia que naquele bosque todos os seres vivos, inclusive muitos dos inanimados, tinham a capacidade de falar. Assim, dirigiu-se à Sequoia e perguntou:

– Sequoia, Rainha das Árvores, você consegue falar?

Não houve resposta. Ele insistiu:

– Sequoia, Rainha das Árvores, estou lhe fazendo uma pergunta. Faça o favor de me responder. Não sabe quem eu sou? Sou o cavaleiro Nott.

A Sequoia começou a mexer seu impressionante tronco e disse ao cavaleiro:

– Já sei quem você é. Por acaso não sabe que conheço cada uma das árvores deste bosque? Não sabe que por nossas folhas todas nós estamos em contato físico umas com as outras? As informações correm rapidamente por nossos galhos. Faça a sua pergunta, se quiser, mas depois vá embora. Estou cansada. Tenho mais de mil anos. Falar me cansa.

– Serei breve – respondeu Nott. – Soube que é possível que dentro de três noites nasça no Bosque Encantado o Trevo Mágico de Quatro Folhas, o trevo da sorte ilimitada. Mas tanto o Gnomo como a Dama do Lago me disseram que jamais cresceu um só trevo aqui. Você vive neste bosque desde que ele existe, sabe de tudo o que acontece porque conversa e sempre conversou com todas as árvores. Minha pergunta é muito simples: é verdade que nunca houve um trevo neste bosque?

A Sequoia levou um tempo para responder. Passeou por sua memória de mil anos, revendo todos os anos de sua vida em cada um dos mil anéis que formam o interior de seu largo tronco. Isso demorou. Como os minutos iam passando, o cavaleiro Nott perdeu a paciência:

– Vamos, responda! Estou com pressa! – protestou.

– Estou pensando. Estou recordando. Você é impaciente como a maioria dos seres humanos. Seria melhor se vocês fossem como as árvores, que são muito mais pacientes.

Passaram-se mais alguns minutos. Nott, muito apressado, deu a volta para ir embora, pensando que a Sequoia não queria responder. Ela, porém, começou a falar justamente no momento em que o cavaleiro se preparava para partir. Como se fosse uma bibliotecária que tivesse revisto mil fichas de livros à procura de uma obra específica, a árvore respondeu no fim de sua pesquisa:

– Está certo. Nunca nasceu um trevo no Bosque Encantado, muito menos um Trevo Mágico de Quatro Folhas. Em tempo algum nestes mil anos. Nunca.

Nott ficou desolado. Provavelmente, Merlin teria recebido uma informação errada. Pior que isso: começou a lhe passar pela cabeça que o mago poderia tê-lo enganado.

Nott sentiu-se deprimido de verdade. Era o terceiro habitante do bosque que dizia *não haver* sorte para ele. Estava tão obcecado com essa realidade que não conseguia ver nada além dela. Realmente, escutar dos outros o que já se sabe só leva a afundar-se na própria evidência. Qualquer pessoa que, como Nott, estivesse obcecada em *saber* se havia ou não trevos no bosque não conseguiria pensar em outra coisa que não fosse isso. Ele não se deu conta de que era preciso *fazer* alguma coisa a respeito. Por isso o cavaleiro estava tão abatido e sentia-se uma vítima, usado e enganado. Ele se encontrava numa situação em que não via qualquer possibilidade de sucesso.

Naquela manhã, o cavaleiro Sid se levantou mais satisfeito do que no dia anterior. Observou, alegre, tudo o que já havia providenciado: terra fértil e água abundante. Se o lugar em que nasceria o Trevo Mágico fosse este, agora ele precisaria saber o quanto de sol e de sombra seria necessário.

Sid era um cavaleiro e não um especialista em jardinagem, por isso tinha que falar com alguém que conhecesse muito bem as plantas e as árvores. Mas quem? Logo se lembrou:

– Claro! Como não! A Sequoia! É a árvore mais sábia do bosque. *Ela* saberá quanto de sol é necessário para um trevo!

Sid cavalgou até o centro do Bosque Encantado. Desceu de seu cavalo e foi até a árvore, como pouco antes havia feito Nott. Aproximou-se dela e perguntou:

– Distinta Sequoia, Rainha das Árvores. Pode falar?

Não obteve resposta. Mas insistiu.

– Respeitada e venerada Sequoia, Rainha das Árvores, se não estiver muito cansada, gostaria de lhe fazer uma pergunta. Se você não puder falar agora, voltarei em outro momento.

A verdade é que a Sequoia havia decidido não responder a outro arrogante cavaleiro que lhe viesse fazer perguntas, mas logo viu que Sid não era impaciente nem arrogante. Pela amabilidade de suas palavras e seu respeitoso gesto de inclinar a cabeça e apoiar o joelho no chão, ela deduziu que era uma pessoa distinta. Quando ele já estava indo embora, ela o chamou:

– É verdade que estou cansada. Diga-me, porém, qual é a pergunta.

– Obrigado por me atender, Rainha das Árvores. Minha pergunta é muito simples: quanto de sol é preciso para que um trevo possa crescer, no caso de dispor de terra nova e água suficiente?

– Hummmmmmm – disse a árvore. Dessa vez, contudo, levou bem menos tempo para se pronunciar porque conhecia perfeitamente a resposta. – Um trevo precisa tanto de sol como de sombra. Mas não há um lugar assim por aqui. Como você já deve ter percebido, neste bosque só tem sombra. Por isso nunca nasceu um trevo aqui. Esta é a resposta à sua pergunta. Até logo.

Mas o cavaleiro Sid não desanimava facilmente.

– Espere, espere! Só mais uma pergunta, eu lhe imploro. Você, que é a Rainha das Árvores, me permite podar alguns galhos de suas súditas? Tenho sua autorização para fazer isso?

A Sequoia respondeu:

– Minha permissão não é necessária. Você tem apenas que tirar as folhas e os galhos secos. Neste bosque, ninguém jamais trabalhou para manter limpas as copas das árvores. Nossos galhos nunca foram podados. Por isso a luz não penetra aqui. Os moradores deste lugar são preguiçosos e sempre deixam suas obrigações para o dia seguinte. Se você se dedicar apenas um pouco a essa tarefa, conseguirá fazer com que haja luz e sombra por igual sob qualquer árvore. Basta retirar as folhas e os galhos secos. E não precisa da minha autorização, pois toda árvore que receber essa atenção ficará encantada. Cortar os galhos velhos, livrar-se do que já não serve é sempre um impulso para a vida de uma árvore e para o que está a seu redor – concluiu ela, agora num tom caloroso e amável.

– Obrigado, muito obrigado, Majestade! – respondeu Sid, levantando-se e, sem dar as costas à Grande Sequoia, recuando até chegar a seu cavalo.

O cavaleiro da capa branca cavalgou firme e apressadamente até o lugar onde havia renovado a terra e feito chegar a água. Mas já era bem tarde. Pensou então em deixar para limpar os galhos no dia seguinte. De fato, não lhe restava mais nada para fazer: já tinha a terra, a água e sabia qual era a quantidade apropriada de sol.

Podia agora descansar e dedicar o último dia a podar as árvores. Imediatamente, porém, lembrou-se do que a Sequoia lhe dissera: "Não deixe para o dia seguinte." E também de um conselho que sempre lhe fora útil: "Aja e não adie." Era verdade que não havia mais nada para fazer e que ele dispunha de todo o dia seguinte para cortar os galhos velhos. Mas, se começasse naquele momento, teria mais um dia e um dia a mais poderia ser importante. Assim, aproveitou as poucas horas de luz que ainda restavam para dar início à tarefa.

Fiel a seus princípios, Sid resolveu *agir e não adiar* as coisas que devem ser feitas. Subiu até a copa das árvores de seu pequeno terreno e se dedicou com paixão a limpar as folhas e os galhos mortos.

As árvores eram muito altas e ele teve de subir uma a uma com a ajuda de uma corda que trouxera consigo. Usando a espada, cortou os galhos secos e eliminou as folhas mortas sem machucar o tronco nem os ramos vivos. Trabalhou durante boa parte da noite e com total empenho, como se aquele serviço fosse a única coisa que importasse naquele momento – o seu "aqui e agora". O resultado final foi excelente.

Ele se sentia muito feliz. Curiosamente, não se preocupava mais com o fato de que o Trevo Mágico de Quatro Folhas pudesse ou não nascer no lugar que ele escolhera para renovar a terra, canalizar a água e limpar os ramos e as folhas. Afinal, já sabia do que um trevo precisava para germinar e tinha cuidado de tudo. A que tarefa se dedicaria no dia seguinte? Talvez ainda houvesse alguma coisa que aparentemente não fosse necessária, mas imprescindível!

Sentiu que se alegrava com o que estava fazendo, que se dedicava com paixão e que tudo aquilo tinha um sentido, qualquer que fosse o resultado final.

Uma noite mais, Sid visualizou seu Trevo Mágico, dessa vez lindamente enraizado na terra úmida do pequeno espaço que havia *criado*. Imaginou suas quatro folhas – todas com a forma similar à de um coração – abertas para receber a luz do sol que passava entre os galhos das árvores gigantescas que o cercavam.

Embora o cavaleiro não soubesse explicar, quanto mais ele sabia como criar as condições para que o Trevo Mágico nascesse, menos se preocupava com o fato de ter escolhido corretamente o lugar em que isso se daria.

A noite, por fim, caiu. Só restavam duas noites.

QUINTA REGRA
DA BOA SORTE

Se você deixar para amanhã
o trabalho que precisa ser feito,
a Boa Sorte talvez nunca chegue.

Criar as condições favoráveis
requer dar um primeiro passo.
Faça isso hoje mesmo!

V

Ston, a Mãe das Pedras

Durante o sexto dia, Nott, abatido, se pôs a vagar pelo Bosque Encantado. Ele não acreditava que fosse encontrar um único trevo, mas também não queria voltar sozinho ao castelo real. Se ia fazer um papel ridículo, preferia compartilhá-lo com Sid.

Além disso, custava-lhe tanto reconhecer seus erros e fracassos que resolveu responsabilizar os outros. "Sou vítima de um erro ou de um engano de Merlin", dizia a si mesmo.

O sexto dia foi o mais cansativo de todos que Nott passou no bosque. Embora tenha caçado muitos animais raros e descoberto plantas exóticas, não aconteceu nada de especialmente relevante.

O pior era uma sensação que o deprimia muitíssimo: estava convencido de que não teria *sorte* na vida. Do contrário, já teria encontrado o Trevo Mágico. A não ser, claro, que Merlin o tivesse enganado.

Mas, se Merlin o enganara, por que não voltava para o castelo? Por que, no fundo, continuava esperando?

Esperar significava dar razão a Merlin e continuar confiando na *sorte*. Por outro lado, quanto mais esperava, mais tinha certeza de que a *sorte* não chegaria. O que ele estaria fazendo de errado? Por que era tão desgraçado? "O prazo ainda não se esgotou. Eu mereço a *sorte*, sou especial, mas, depois de todos esses dias aqui, não parece que encontrarei o trevo", ele dizia a si mesmo.

Assim transcorreu o dia do cavaleiro do corcel negro e da capa negra. Como não havia nada mais a fazer, ele decidiu procurar Ston, a Mãe das Pedras. Queria confirmar com alguém mais o que já sabia: que no Bosque Encantado não nasceria nenhum Trevo Mágico, que ele não era uma pessoa de sorte.

Não é de se estranhar que Nott agisse assim, pois este é um traço curioso de quem pensa não ter sorte: procurar outras pessoas que confirmem sua forma de ver a vida. Ninguém gosta de ser vítima, mas se colocar na posição de vítima *aparentemente – e só aparentemente –* nos exime de toda a responsabilidade por nosso infortúnio.

Ston estava no cume do Penhasco dos Penhascos, uma montanha inóspita toda feita de pedras. A escalada foi penosa. De lá via-se quase todo o Bosque Encantado. Nott pensou que gostaria de encontrar Sid para lhe perguntar se também queria voltar logo ao castelo real.

Ao chegar ao cume, o cavaleiro encontrou Ston, a Mãe das Pedras, falando com outras pedras. Ston se dirigiu a ele:

– Olhem só! Um dos cavaleiros que andam procurando trevos. Há quatro dias que não se fala de outra coisa no bosque. Encontrou o Trevo Mágico? – perguntou ela, dando uma risadinha alegre.

– Você sabe que não – respondeu Nott, visivelmente aborrecido. – Diga-me, Ston, é verdade que não há nem haverá um Trevo Mágico de Quatro Folhas neste bosque? Ou será que há algum por aqui, entre estes penhascos? Não é possível, não é mesmo?

A Mãe das Pedras se esbaldava de tanto rir.

– Mas claro que não! Como você quer que cresçam trevos entre as pedras? Dá para ver que você está ficando transtornado depois de tantos dias vagando pelo Bosque Encantado. Você devia ter cuidado... Se passar muito tempo aqui, vai acabar enlouquecendo, como quase todos os humanos que andaram por este lugar sem um objetivo claro. Não, aqui não há trevos. Os Trevos Mágicos de Quatro Folhas não podem nascer onde existem pedras.

Nott desceu devagar o Penhasco dos Penhascos, ouvindo, durante todo o percurso, as gargalhadas de Ston.

Já não havia mais nada que pudesse fazer. Seu temor finalmente tinha se confirmado. "Não terei Boa Sorte", pensou. Logo lembrou-se de Sid e se alegrou com amargura ao pensar: "Aquele outro louco *tampouco* encontrará o Trevo Mágico por mais que ande pelo bosque." Imaginar o fracasso de Sid o tranquilizava, o consolava e até o deixava contente. "Se não há um trevo mágico para mim, também não haverá para ele", disse em voz alta, com raiva e convencido de suas palavras.

Em seguida montou em seu cavalo e partiu em busca de um lugar para dormir.

Ao se levantar de manhã, Sid percebeu que o trabalho da noite anterior surtira bons resultados. Viu um lindo espetáculo: a névoa se dissipando e dando lugar a raios de sol dourados que iluminavam a terra que ele havia colocado ali no primeiro dia. Assim, pôde comprovar, para sua grande satisfação, que o sol e a sombra penetravam por igual em cada um dos palmos da terra nova. Sentia-se verdadeiramente orgulhoso e feliz. Tinha renovado a terra, podado as árvores para que o sol pudesse chegar até ela e também umedecido o solo.

Como aquele era o último dia, ele tinha que decidir exatamente como empregar seu tempo. Uma vez que tomara todas as providências que considerava necessárias, o melhor agora era verificar se restava algo a fazer. Como ele mesmo dizia, o copo estava meio cheio. Portanto, precisava saber como enchê-lo por inteiro, caso tivesse acertado o lugar em que o Trevo Mágico nasceria, como Merlin dissera. Como havia pensado na noite anterior, devia descobrir se, naquele momento, ainda faltava fazer alguma coisa que fosse *aparentemente desnecessária mas imprescindível*.

Terra, água, sol... O que mais poderia faltar?

Assim ele passou o sexto dia perguntando a todos os seres que encontrava pelo bosque o que podia estar faltando para a terra, além do sol, da sombra e da água, para que um *trevo de quatro folhas* nascesse ali. Mas ninguém soube lhe dizer o que faltava.

Já era meio-dia e não lhe vinha à mente a quem mais perguntar. Sid ansiava por inspiração e perspectiva. Assim, lhe ocorreu ir ao ponto mais alto do bosque para ver de lá se havia algo que lhe chamasse atenção. "A perspectiva, a distância e a visão do horizonte sempre dão ideias úteis e inesperadas", pensou.

Todos os cavaleiros sabiam que o local mais elevado do bosque era o Penhasco dos Penhascos. Contudo, ao se aproximar, Sid reparou que o lugar era altíssimo e restava somente meio dia para que terminasse o prazo dado por Merlin. Faria sentido escalar o rochedo? Ainda que tivesse uma inspiração, não lhe restaria muito tempo para fazer alguma coisa.

Mesmo assim decidiu subir. Por quê? Simplesmente porque pensou no que *já tinha feito* e no quanto havia investido de trabalho e dedicação. Partindo do que já conseguira, talvez fosse aconselhável empenhar-se até o fim para saber se ainda faltava algo a fazer.

Em sua escalada, Sid começou a sentir a suave brisa que soprava à medida que se afastava do nível do chão. Finalmente chegou ao cume. Sentou-se e passou a olhar o horizonte em busca de inspiração. Nada.

De repente, uma voz o assustou. Ela saía da pedra debaixo de seus pés! Era Ston, a Mãe das Pedras.

– Você está me amassando!

Sid deu um salto tão grande que quase rolou penhasco abaixo.

– Uma pedra que fala? Era só o que me faltava encontrar!

– Não sou uma pedra que fala: sou Ston, a Mãe das Pedras – afirmou, visivelmente aborrecida. – Suponho que você seja o outro cavaleiro que anda procurando... hã... o Trevo Mágico.

– Você é realmente a Mãe das Pedras? Então não entende muito de trevos, não é?

– Evidentemente que não entendo de trevos, mas de uma coisa eu sei – respondeu ela. – Já disse o mesmo ao outro cavaleiro vestido de negro: trevos de quatro folhas não podem crescer onde há pedras.

– Você disse de *quatro* folhas?! – replicou Sid.

– Sim, de quatro folhas.

– E os de *três* folhas? – ele tornou a perguntar.

– Os de três folhas, sim, podem nascer em solo pedregoso. Mas os de quatro crescem com menos força e, por isso, precisam de um solo totalmente livre de pedras que impeçam seu crescimento.

Esse pequeno comentário sobre a diferença entre um trevo de três e um de quatro folhas poderia parecer banal para muita gente, mas não para Sid. Estava certo de que, em geral, os elementos-chave só são descobertos nos pequenos detalhes. No óbvio e no conhecido dificilmente se encontra a resposta para o que é *aparentemente desnecessário mas imprescindível*.

– Claro! Como não percebi isso antes? Muito obrigado! Agora preciso ir embora, pois tenho pouco tempo.

Sid desceu depressa o Penhasco dos Penhascos. Precisava correr a toda velocidade, pois não havia tirado as pedras de seu pedaço de terra.

Ao chegar, ainda restavam duas horas de sol. Ele removeu todas as pedras, uma a uma. De fato, o local estava cheio delas. Se, por acaso, aquele fosse o lugar certo para que o Trevo Mágico brotasse, isso seria impossível por causa das pedras.

Sid percebeu como era importante valorizar e reconhecer o que tinha alcançado, o que ele definia como *a parte já cheia do copo,* assim como se concentrar no que pudesse estar faltando. Isso sempre o havia ajudado a seguir adiante. Mesmo quando parece que a pessoa já fez tudo e que não há mais nada a fazer, se ela mantiver a atitude adequada, se permanecer disposta a saber se ainda falta algo a fazer, sempre encontrará uma pista para um bom caminho. De fato, foi isso que aconteceu. Que bom ele não ter deixado a poda dos galhos para o dia seguinte! Caso contrário, nunca saberia que era necessário retirar as pedras!

E mais uma noite Sid dormiu perto do espaço que criara. E uma vez mais imaginou o belo Trevo Mágico em todo seu esplendor, no centro da terra que ele havia preparado, iluminado, regado e livrado das pedras. Antes de adormecer, imaginou estar segurando o trevo nas mãos. Sentiu sua suave textura ao encostá-lo na pele, sua intensa cor verde, suas belas folhas desdobradas. Ele chegou até mesmo a sentir o agradável cheiro de clorofila que o Trevo Mágico exalava. Era tudo *tão real* que, pela primeira vez, ele teve *certeza* de que o trevo nasceria ali. Era capaz de imaginá-lo e podia senti-lo com riqueza de detalhes. Isso lhe fez muito bem e assim foi tomado por um profundo sentimento de serena alegria e paz interior.

Acontecesse o que acontecesse, no dia seguinte ele saberia. Disso também tinha certeza.

Logo ficou tudo escuro. Restava somente uma noite. Era a véspera do dia em que deveria nascer no Bosque Encantado o Trevo Mágico de Quatro Folhas, *o trevo da sorte ilimitada.*

SEXTA REGRA DA BOA SORTE

Às vezes, mesmo que as condições favoráveis estejam aparentemente presentes, a Boa Sorte não chega.

Procure nos pequenos detalhes o que for aparentemente desnecessário mas imprescindível!

VI

O encontro dos cavaleiros no Bosque Encantado

Na última noite, enquanto Nott procurava um lugar para dormir, percebeu que cavalgava por um trecho de terra fresca, regada e sem pedras, e, ao olhar para cima, descobriu que havia uma abertura por entre as copas das árvores. Mais adiante, viu Sid deitado, com seu cavalo preso a uma árvore.

– Sid!

Ele se levantou, pois ainda não tinha dormido.

– Nott!

– Como vai? Encontrou o trevo? – perguntou Nott a Sid.

– Não. Bem, na verdade, já não o procuro há três dias. No primeiro dia o Gnomo me disse que não havia trevos em todo o bosque e, assim, decidi deixar de procurar...

– Então – perguntou Nott –, que diabo você está fazendo aqui? Por que não volta ao castelo?

Antes de Sid responder, Nott observou que as roupas dele

estavam manchadas com o musgo que crescia no tronco das árvores, as botas enlameadas e sua indumentária nitidamente suja como resultado dos últimos quatro dias passados no Bosque Encantado.

– Mas o que aconteceu com você?

– Desde que o Gnomo me disse que trevos não nascem no Bosque Encantado, me dediquei a criar este espaço. Veja! Há terra nova bem adubada e regada. Venha comigo! Eu lhe mostrarei o riacho que fiz chegar até aqui a partir do lago onde mora a Dama e... olhe, olhe – continuou Sid, emocionado e feliz por poder mostrar a alguém o que havia *criado* –, estas são todas as pedras e galhos que retirei em dois dias, porque você sabe que onde há pedras...

Nott o interrompeu.

– Você está louco? Por que está plantando uma horta de uns poucos metros quando, na realidade, não tem a menor ideia de onde vai nascer o Trevo Mágico? Não sabe que este bosque é milhões de vezes maior do que este pequeno terreno? Você é bobo ou o quê? Não vê que não faz sentido ter feito tudo isso se ninguém pode lhe dizer qual é o lugar que deve ser preparado? Você ficou doente? Logo nos veremos no castelo real. Vou procurar um lugar tranquilo para passar a noite.

Nott desapareceu entre as árvores. Sid ficou olhando para ele surpreso depois de tudo o que ouvira. E pensou com seus botões: "Merlin disse que poderíamos encontrar o Trevo Mágico, mas NÃO DISSE que NÃO seria necessário fazer alguma coisa."

SÉTIMA REGRA DA BOA SORTE

Para quem só acredita no acaso, criar as condições favoráveis parece absurdo.

Para quem se dedica a criar as condições favoráveis, o acaso não é motivo de preocupação.

VII

A bruxa Morgana e a coruja visitam Nott

A última noite poderia ter transcorrido serenamente, mas não foi assim para nenhum dos dois cavaleiros...

Enquanto Nott dormia, esperando ansiosamente o amanhecer para voltar ao castelo, um barulho o assustou de tal forma que ele se levantou dando um salto e desembainhando a espada.

– Uuuuuuuuuhhhhhhh! – fez a coruja da bruxa Morgana, que estava de pé a seu lado, parcialmente iluminada pelo fogo que o cavaleiro havia acendido para suportar o frio.

– Quem é você e o que deseja? Tenha cuidado, pois minha espada está afiada!

– Guarde-a. Vim fazer um trato com você, Nott, cavaleiro do corcel negro e da capa negra.

– Um trato? Que trato? Não quero fazer pactos com bruxas e muito menos com você, Morgana. A sua fama é péssima.

– Você tem certeza? É sobre *um trevo de quatro folhas* – disse sutilmente a bruxa, mostrando os dentes escuros enquanto franzia o nariz pontudo e esfregava as mãos enrugadas, tentando exibir um sorriso amigável.

Nott embainhou a espada e se inclinou para ouvi-la.

– Vamos conversar. O que você sabe? – perguntou ele.

– Sei onde nascerá o Trevo Mágico de Quatro Folhas.

– Vamos, rápido! Diga-me! – exigiu o cavaleiro com impaciência.

– Eu lhe direi se antes me prometer cumprir sua parte no trato.

– E que parte é essa que devo cumprir? – perguntou Nott.

– Quero que mate Merlin com sua espada assim que o encontrar!

– Como?! Por que mataria Merlin?

– Porque ele enganou você. Ele sabe onde nascerá o Trevo Mágico, assim como eu sei. O pacto é muito claro: eu lhe digo onde encontrar o Trevo Mágico e você mata Merlin. Sorte ilimitada para você, fim dos meus problemas de feitiçaria. Com a morte de Merlin, você consegue o Trevo Mágico e eu fico livre do meu principal rival.

Nott estava tão desanimado e frustrado, com tanta vontade de se vingar de Merlin e ganhar de Sid, que decidiu aceitar. Isso é comum: quando uma pessoa perde a fé em sua capacidade de criar a Boa Sorte, ela tenta comprá-la do primeiro que a oferece. De fato, quem espera *encontrar* a sorte, acredita que isso é algo fácil e que não requer trabalho. Foi exatamente o que aconteceu com Nott:

– Trato feito. Diga-me onde nascerá o Trevo Mágico.

– Lembre-se de que me deu sua palavra. O Trevo Mágico

nascerá amanhã no jardim do castelo real!!! Não está nem nunca estará neste bosque.

– Como?! – surpreendeu-se Nott, que não conseguia acreditar no que acabara de ouvir.

– Claro! Você não percebe? Merlin pretendia enganar todos os cavaleiros com seu estratagema: ao lhes apresentar o desafio de procurar o trevo no Bosque Encantado, ele acreditava que todos viriam aqui e perderiam tempo. Mas só dois fizeram isso. Merlin pensava que viriam mais. De qualquer maneira, ele conseguiu desviar a atenção do jardim do castelo real. *Ninguém* espera encontrar o Trevo Mágico lá. Mas Merlin estará lá amanhã para colhê-lo. Você precisa se apressar. Foram necessárias duas noites para chegar aqui e só lhe resta uma noite para voltar. Sele seu cavalo e cavalgue por toda a noite, mesmo que o corcel negro morra de cansaço!

Nott estava louco de raiva. No fim, tudo fazia sentido.

"Foi por isso que todos os habitantes do Bosque Encantado me viram como um imbecil que perdia tempo procurando um Trevo Mágico que nunca havia nascido nem nascerá aqui. Agora tudo faz sentido", pensou.

Assim, enfurecido, selou o cavalo e desapareceu velozmente por entre as árvores a caminho do castelo no Reino Encantado.

OITAVA REGRA
DA BOA SORTE

Ninguém pode vender a sorte.
A Boa Sorte não se compra.

Desconfie dos vendedores da sorte.

VIII

A bruxa Morgana e a coruja visitam Sid

Após soltar uma sonora e malévola gargalhada, a bruxa Morgana partiu em direção ao norte, onde sabia que Sid estaria passando a noite. Ele dormia tão profundamente que a coruja só conseguiu acordá-lo no terceiro pio.

– Uuuuhhhh! Uuuuhhhh! Uuuuuuuuuuhhhhhhhhh!

– Quem é? – perguntou Sid, levantando-se e segurando firme o punho de sua espada, sem, no entanto, desembainhá-la.

– Não tema. Sou Morgana, a bruxa.

– O que deseja de mim?

A bruxa era malvada. Queria duas coisas: que Nott matasse Merlin e convencer Sid a sair dali. Dessa maneira, ela ficaria com o Trevo Mágico caso ele nascesse no dia seguinte em algum lugar do bosque. Morgana inventou outra mentira para Sid:

– O Trevo Mágico vai nascer amanhã. Merlin, porém,

mentiu para você. Não se trata do *trevo da sorte ilimitada,* mas do trevo da desgraça! Eu mesma lancei a maldição: "Aquele que o arrancar morrerá em três dias." Contudo, se ninguém o arrancar, Merlin morrerá ao cair da noite. Por isso ele enganou você e o outro cavaleiro: para que um dos dois morra no lugar dele. Merlin precisa que o trevo seja arrancado amanhã antes do anoitecer. Volte ao castelo. Nott já está a caminho.

A bruxa foi muito astuta: deixou Sid sem opção. Se, no dia seguinte, ele encontrasse o Trevo Mágico, não saberia o que fazer. Se o arrancasse, morreria. Contudo, e se Merlin tivesse razão? E se fosse mesmo o Trevo da Boa Sorte?

O melhor e mais fácil seria fazer como Nott: abandonar o bosque e não enfrentar o dilema. Após pensar por alguns segundos, ele disse a Morgana:

– Bem, então partirei esta noite...

A bruxa sorriu, satisfeita, mas Sid continuou:

– Mas vou procurar Merlin e pedirei a ele que colha o Trevo Mágico. Pois, pelo que você disse, aquele que o arrancar morrerá em três dias, mas, se Merlin fizer isso, ele não morrerá. Seu feitiço não terá mais efeito, pois quem vai morrer se o trevo não for arrancado e quem vai morrer se ele for arrancado são a mesma pessoa. Portanto, Merlin se salvará e depois me dará o trevo.

Com essa resposta, Sid se mostrou mais inteligente do que a bruxa, que já não sorria mais. Percebendo que o cavaleiro não caíra na armadilha, Morgana deu meia-volta com a coruja em seu ombro, montou na vassoura e partiu rapidamente, resmungando em voz alta.

Aquele acontecimento fez Sid refletir. Ele sabia que Merlin não enganava ninguém. Como Nott pôde dar ouvidos àquilo ou a qualquer outra coisa que a bruxa lhe tivesse dito? Será que ele não sabia, como bom cavaleiro, que o verdadeiramente importante é não perder a fé na própria tarefa?

Por ter visto muitos cavaleiros se desesperarem e abandonarem seu objetivo quando a Boa Sorte demorava a chegar, ele aprendera a importância de manter a fé no que se acredita ser o certo.

Antes de dormir, também pensou sobre a importância de não trocar o seu objetivo pelo de alguém, ou seja, o da bruxa pelo seu próprio. A Boa Sorte lhe chegava sempre que se mantinha fiel à sua tarefa, à sua missão e ao seu propósito.

Por último, lembrou-se do que o seu mestre sempre dizia: "Desconfie daquele que lhe propõe planos com os quais se ganha muito de forma fácil e rápida. Suspeite de quem tentar lhe vender a sorte."

NONA REGRA
DA BOA SORTE

Após criar todas as condições favoráveis,
tenha paciência, não desista.

Para alcançar a Boa Sorte,
tenha confiança.

IX

O vento, Senhor do Destino e da Sorte

Na manhã seguinte, Sid se levantou um pouco inquieto. Sentou-se perto da terra que havia preparado e esperou. As horas se passavam e nada acontecia.

O dia foi avançando sem nenhuma novidade. Sid disse a si mesmo: "Bom, de qualquer maneira, vivi apaixonadamente estes dias no Bosque Encantado. Fiz o que acreditei ser o certo e necessário."

Realmente, era muito difícil descobrir o lugar exato onde nasceria o Trevo Mágico de Quatro Folhas, *o trevo da sorte ilimitada*.

Mas, de repente, o inesperado aconteceu.

O vento, Senhor do Destino e da Sorte, aquele que *aparentemente* se move ao acaso, começou a agitar as folhas das árvores. E começaram a chover pequenas sementes que pareciam minúsculos grãos de ouro verde. Eram sementes de *trevos de quatro folhas*, cada semente era UM TREVO DA SORTE EM

POTENCIAL! Não chovia apenas uma, mas uma quantidade incalculável de sementes de trevos de quatro folhas.

O verdadeiramente extraordinário, no entanto, é que as sementes não caíram apenas onde Sid estava, mas em *todo* o Bosque Encantado – ABSOLUTAMENTE EM TODOS OS CANTOS DAQUELE LUGAR.

E não somente no bosque, mas em todo o Reino Encantado: choviam sementes de trevos de quatro folhas sobre as cabeças dos cavaleiros que não haviam aceitado o desafio de Merlin, choviam sobre todos os seres do bosque, sobre o Gnomo, sobre a Sequoia, sobre a Dama do Lago, sobre Ston... Choviam sobre Nott e sobre Morgana. Aquelas sementes se espalhavam POR TODA PARTE!

Os moradores do Bosque Encantado e os habitantes do reino não prestaram atenção nelas. Eles sabiam que uma vez por ano, naquela época, chovia essas estranhas sementes "que não serviam para coisa alguma". Na verdade, aquele estranho evento anual incomodava a todos porque era uma chuva bastante pegajosa.

Depois de poucos minutos, a chuva de sementes de trevos de quatro folhas parou. Uma vez depositadas em todos os cantos do bosque, as minúsculas sementes se confundiram com o solo, assim como pequenas gotas d'água em um oceano. Simplesmente se perderam, como sementes jogadas no deserto.

E assim foram todas desperdiçadas, pois não germinaram. Milhares e milhares de sementes morreram na terra dura, árida e pedregosa daquele bosque sombrio.

Todas, exceto algumas que foram parar numa pequena extensão de terra fresca e fértil, livre das pedras e onde havia água abundante, o brilho do sol e o frescor da sombra.

Foram essas e somente essas as sementes que se transformaram, depois de alguns instantes, *em trevos de quatro folhas, em centenas de brotos de Trevos Mágicos*, um número grande o bastante para garantir sorte por todo o ano – até a chuva do ano seguinte. Em outras palavras: *sorte ilimitada*. Sid observou extasiado a Boa Sorte que havia criado. Impressionado e comovido, ajoelhou-se em sinal de gratidão e lágrimas brotaram de seus olhos.

Quando percebeu que o vento amainava, quis se despedir dele e agradecer-lhe por trazer as sementes. Assim, voltando-se para o céu, invocou-o:

– Vento, Senhor do Destino e da Sorte, onde você está? Quero agradecer-lhe!

O vento respondeu:

– Não é necessário me agradecer. Todo ano, nesta mesma data, jogo sementes de trevos de quatro folhas por todo o Bosque Encantado e em todos os cantos do reino. Sou o Senhor do Destino e da Sorte e entrego, seguindo ordens expressas, as sementes da Boa Sorte por todo lugar onde passo. Ao contrário do que muitos pensam, eu não distribuo a sorte, só cuido para que ela esteja disseminada por igual em toda parte. Os Trevos Mágicos nasceram porque você criou as condições adequadas para isso. *Qualquer um* que tivesse agido assim obteria a Boa Sorte. Eu me limitei a fazer o que sempre fiz. A Boa Sorte que levo comigo está sempre por aí. O problema é que quase todo mundo acredita que não precisa fazer nada para alcançá-la.

E continuou:

– Na verdade, tanto fazia o lugar que você escolhesse. O importante era prepará-lo da forma como o fez. A sorte é a soma de *oportunidade* e *preparação*. Mas a *oportunidade* está sempre presente.

E assim é.

Só nasceram trevos de quatro folhas, os Trevos Mágicos, sob os pés de Sid, porque ele foi o único em todo o reino que criou as condições para que nascessem.

Pois, ao contrário do que muitos pensam, a Boa Sorte não é algo que acontece a *poucos* que não fazem *nada*.

A Boa Sorte é uma coisa que pode chegar a *todos nós* se fizermos *algo*.

E esse algo consiste unicamente em criar as condições para que as *oportunidades*, que são dadas a todos igualmente, não morram como sementes de trevos de quatro folhas caindo em terra estéril.

E o vento se afastou, enquanto Sid deixava o Bosque Encantado para ir se encontrar com Merlin.

DÉCIMA REGRA
DA BOA SORTE

Para criar a Boa Sorte é preciso
preparar as condições favoráveis
para as oportunidades.

As oportunidades, porém,
não dependem de sorte ou de acaso:
elas estão sempre presentes!

SÍNTESE

CRIAR A BOA SORTE CONSISTE UNICAMENTE EM CRIAR AS CONDIÇÕES FAVORÁVEIS!

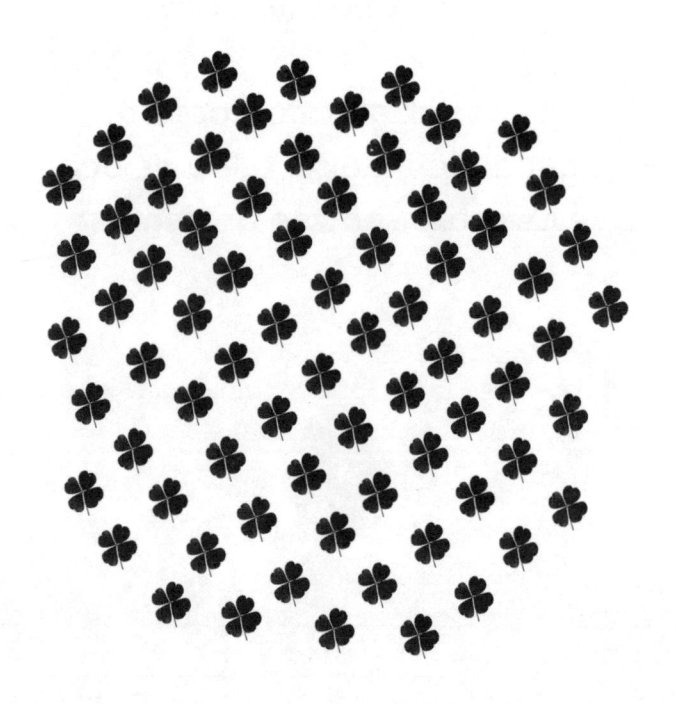

X

O reencontro com Merlin

Nott cavalgou durante toda a noite. Ao chegar ao castelo, seu cavalo negro tinha o lombo machucado pelos golpes do chicote e das esporas que Nott lhe infligira para chegar a tempo de colher o Trevo Mágico que, segundo acreditava, teria brotado nos jardins do castelo. Assim que chegou a seu destino, seu pobre corcel negro morreu de exaustão.

Nott cruzou a porta do castelo e cada um dos salões derrubando com golpes e chutes tudo o que encontrava no caminho. A espada estava desembainhada e seu rosto, crispado, com os olhos vermelhos de raiva.

– Merlin, Merlin! Onde está você? Não se esconda, porque vou encontrá-lo!

Ele resolveu ir para o verde e frondoso jardim do castelo, onde sabia que encontraria o mago.

Quando abriu a porta que dava para a parte externa, viu

Merlin no centro do jardim, de pé, firme e sereno, apoiado em sua longa bengala branca e com o semblante sério. Porém, o jardim já não era mais um jardim; agora era um pátio de azulejos. Durante as últimas sete noites, os empregados do castelo tinham coberto a terra com azulejos!

Nott deixou a espada cair de sua mão.

– Por que fez isso? Por que você cobriu o jardim de azulejos? – perguntou ele.

– Porque, do contrário, você teria tentado me matar. Não aceitaria minhas explicações. Esta era a única forma de convencê-lo de que aqui não há trevos e de que a bruxa o enganou. Eu, Merlin, o Mago, sei de tudo. *Sabia* que a bruxa lhe venderia a sorte, a sorte que quase nunca acontece. Também *sabia* que você viria ao meu encontro para me matar e, somente depois de procurar por horas e horas no jardim, constataria que o Trevo Mágico não estava aqui. Eu precisava dissuadir você antes disso, pois não queria ter que lutar em vão.

Nott começou a perceber seu erro. Tinha escolhido o caminho mais fácil. Ele sempre pensara que *merecia* a sorte. Naquele exato momento, no jardim do castelo e ao lado de Merlin, ele entendeu que estava errado. O mago continuou a lhe explicar:

– Agora já sabe: o Trevo Mágico não está aqui. Nasceu há algumas horas no Bosque Encantado, assim como prometi. Havia Trevos Mágicos mais do que suficientes, inclusive para você. Mas você abandonou suas chances, não acreditou em si mesmo. E mais: esperou sempre que os outros o presenteassem com a sorte. Sua visão desse desafio foi muito limitada e desprovida da paixão, do entusiasmo, da entrega, da generosidade e da confiança necessárias para conseguir quantos Trevos Mágicos da Boa Sorte você quisesse.

Nott deu meia-volta e, sem espada nem cavalo, foi até seu castelo, onde permaneceu em total solidão por longo tempo.

No dia seguinte, Sid chegou à cidade. Foi diretamente ao castelo real para dizer a Merlin que havia encontrado o Trevo Mágico, *o trevo da sorte ilimitada*. Queria agradecer-lhe.

– Merlin! Merlin! Olhe! – E mostrou-lhe um punhado de trevos de quatro folhas, trevos da Boa Sorte. – Veja, não é apenas um Trevo Mágico: há tantos quantos se queira.

– Claro, Sid! Quando alguém cria as condições necessárias, pode obter tanta Boa Sorte quanto desejar. Por isso, a Boa Sorte é *sorte ilimitada*.

– Quero agradecer-lhe de alguma forma, Merlin. Eu devo isso a você.

– De jeito nenhum! – respondeu Merlin. – *Eu* não fiz nada. *Absolutamente* nada. Foi você que decidiu ir ao Bosque Encantado, você aceitou o desafio entre centenas de cavaleiros. Você resolveu trocar a terra, apesar de lhe terem dito que nunca nasceria um trevo naquele lugar. Você optou por compartilhar sua sorte com a Dama do Lago. Você escolheu ir em frente em vez de adiar a limpeza dos galhos. Você percebeu o que era aparentemente desnecessário mas imprescindível e compreendeu a importância de tirar as pedras quando parecia que tudo já estava feito. Você decidiu acreditar para ver. Você confiou no que havia realizado, mesmo quando lhe disseram que podiam vender-lhe a sorte.

E Merlin acrescentou:

– E o mais importante, Sid: FOI VOCÊ QUE DECIDIU NÃO

CONFIAR NO ACASO PARA ENCONTRAR O TREVO E PREFERIU CRIAR AS CONDIÇÕES PARA QUE ELE CHEGASSE ATÉ VOCÊ.

E concluiu:

– VOCÊ DECIDIU SER A CAUSA DA SUA BOA SORTE.

Sid despediu-se de Merlin com um forte e afetuoso abraço. Depois montou em seu cavalo branco e partiu em busca de novas aventuras. Ele passou o resto de seus dias ensinando aos outros cavaleiros e às pessoas comuns, inclusive às crianças, as regras da Boa Sorte.

Agora que sabia criar a Boa Sorte, não podia guardar o segredo somente para si, pois a Boa Sorte deve ser compartilhada.

E Sid pensou que, se agindo sozinho tinha sido capaz de criar tanta Boa Sorte somente em sete dias, o que não seria capaz de fazer todo o reino, se cada um de seus habitantes aprendesse a criar a Boa Sorte pelo resto de suas vidas?

A NOVA ORIGEM DA BOA SORTE

Se criar a Boa Sorte
é criar as condições favoráveis,
a Boa Sorte depende unicamente de você.

A partir de hoje,
você também pode criar a Boa Sorte!

PARTE III
O reencontro

Ao fim da história, Davi também estava descalço, apoiando seus pés nos trevos que havia sob o banco no qual ele e Vítor estavam sentados.

Os dois ficaram em silêncio, refletindo sobre a história. Passaram-se alguns minutos. Ambos estavam pensando em algo. Uma lágrima rolou pela face de Davi. O primeiro a falar foi Vítor:

– Sei o que você está pensando, mas não quero que veja segundas intenções em minhas palavras...

– Por quê? – perguntou Davi.

– Talvez você ache que é somente uma fábula, um conto... Não sei. Não quis dizer que você... Eu só queria fazer a Boa Sorte chegar até você.

– Estava pensando exatamente nisso, Vítor. Na forma como essa história chegou a mim. O encontro com meu amigo de infância, que eu não via há cinquenta anos, colocou esta história em minhas mãos.

Vítor refletiu sobre o encontro casual com Davi: *um tremendo acaso*. Isso fora sorte e não Boa Sorte. Concluiu que a história da Boa Sorte tinha chegado a Davi *por acaso*. Que paradoxo! Ele disse a Davi:

– É verdade. Você conheceu a história da Boa Sorte por acaso.

– Você acredita nisso? – perguntou Davi. – Eu estava pensando justamente o contrário.

– O contrário? – surpreendeu-se Vítor, sem saber ao que Davi se referia.

– É, o contrário. Fui *eu* que criei as condições para que essa história chegasse a mim. Para que a Boa Sorte viesse ao meu encontro.

– Você?!

– Sim, Vítor. Não nos encontramos por acaso. Nos últimos quatro anos, os piores que já vivi, minha única esperança era encontrar o único amigo que já tive: você. Nesses anos não havia um só dia em que não procurasse seu rosto em todas as pessoas que passassem por mim. Em cada pessoa com quem cruzava, em cada sinal, nos cafés, nos bares, em todos os cantos da cidade, nunca deixei de olhar cada face, esperando encontrar a sua. Você é o único amigo que tenho e que já tive. Imaginei muitas vezes que o encontrava. Visualizei várias vezes nosso encontro, assim como Sid via crescer seu *trevo*. Em algumas ocasiões, até pude sentir o abraço que nos demos há pouco. Jamais deixei de acreditar que aconteceria.

E acrescentou:

– Eu o encontrei porque quis encontrá-lo. A história da Boa Sorte chegou a *mim* porque eu, sem saber, já a estava procurando.

Visivelmente emocionado, Vítor disse a Davi:

– Portanto, na verdade você acredita que a fábula está certa.

– Claro – continuou Davi –, a fábula está certa. Não pode ser de outro modo. Nosso encontro é uma demonstração de que eu também posso ser como Sid. *Hoje* fui *eu* que criei a Boa Sorte. *Eu* também posso criar a Boa Sorte. Não concorda?

– Concordo! – exclamou Vítor.

– Será que posso acrescentar mais uma regra à sua história?

– Mas é claro! – respondeu Vítor.

Então Davi disse:

A história da Boa Sorte
nunca chega às suas mãos por acaso.

Vítor sorriu. Não era preciso dizer mais nada. Entre bons amigos, as palavras muitas vezes são desnecessárias. Eles se abraçaram de novo. Vítor foi embora, mas Davi ficou sentado no banco e voltou a apoiar os pés descalços sobre os trevos frescos do grande parque da cidade.

Davi notou que alguma coisa lhe fazia cócegas no pé. Inclinou-se e, sem olhar, arrancou algo do chão que lhe tocava muito suavemente a pele e que parecia querer chamar sua atenção.

Era um Trevo de Quatro Folhas.

Aos 64 anos, Davi começou a acreditar que podia criar a Boa Sorte.

E você, quanto tempo vai esperar?

PARTE IV

Pessoas que também pensam assim

"Noventa por cento do sucesso se baseia simplesmente em insistir."
Woody Allen

"Circunstâncias? O que são as circunstâncias? Eu sou as circunstâncias!"
Napoleão Bonaparte

"Só triunfa no mundo quem se levanta e procura as circunstâncias – e as cria quando não as encontra."
George Bernard Shaw

"Muitas pessoas pensam que ter talento é uma sorte; poucas, no entanto, pensam que a sorte possa ser questão de talento."
Jacinto Benavente

"A sorte só favorece a mente preparada."
Isaac Asimov

"A sorte ajuda os ousados."
Virgílio

"A sorte é a desculpa dos fracassados."
Pablo Neruda

"O fruto da sorte só cai quando está maduro."
Friedrich von Schiller

"Acredito muito na sorte e descubro que, quanto mais trabalho, mais sorte tenho."
Stephen Leacock

"Existe uma porta pela qual pode entrar a boa sorte, mas só você tem a chave."
Provérbio japonês

"A sorte não está fora de nós, mas em nós mesmos e em nossa vontade."
Júlio Grosse

"A sorte segue a coragem."
Ênio

"Que a inspiração chegue não depende de mim. A única coisa que posso fazer é garantir que ela me encontre trabalhando."
Pablo Picasso

"A sorte do gênio é 1% de inspiração e 99% de transpiração."
Thomas Edison

"O segredo de um grande negócio consiste em saber algo que mais ninguém sabe."
Aristóteles Onassis

"Você é o motivo de quase tudo que lhe acontece."
Nikki Lauda

"A sorte não é nada mais do que a habilidade de aproveitar as ocasiões favoráveis."
Orison Sweet Marden

"De todos os meios que conduzem à sorte, os mais seguros são a perseverança e o trabalho."
Louis Reybaud

"Quanto mais pratico, mais tenho sorte."
Gary Player

"Somente aqueles que nada esperam do acaso são donos do destino."
Matthew Arnold

"O homem sábio cria mais oportunidades do que as encontra."
Francis Bacon

"Não existem grandes talentos sem grande vontade."
Honoré de Balzac

"Um otimista vê uma oportunidade em toda calamidade; um pessimista vê uma calamidade em toda oportunidade."
Winston Churchill

"'E quando pensa em realizar seu sonho?', perguntou o mestre a seu discípulo. 'Quando tiver a oportunidade de fazê-lo', respondeu este. O mestre lhe disse: 'A oportunidade nunca chega. A oportunidade *já está aqui.*'"
Anthony de Mello

"Deus não joga dados com o Universo."
Albert Einstein

PARTE V

Decálogo, síntese e a nova origem da Boa Sorte

Decálogo

PRIMEIRA REGRA DA BOA SORTE

A sorte não dura muito tempo, pois não depende de você.

A Boa Sorte é criada por você, por isso dura para sempre.

SEGUNDA REGRA DA BOA SORTE

Muitos são os que querem ter a Boa Sorte,
mas poucos são os que decidem buscá-la.

TERCEIRA REGRA DA BOA SORTE

Se você não tem a Boa Sorte agora, talvez seja porque
está sob as circunstâncias de sempre.

Para que ela chegue, é conveniente criar novas circunstâncias.

QUARTA REGRA DA BOA SORTE

Preparar as condições favoráveis para a Boa Sorte
não significa buscar somente o benefício para si mesmo.

Criar as condições nas quais os outros também
ganham atrai a Boa Sorte.

QUINTA REGRA DA BOA SORTE

Se você deixar para amanhã o trabalho que precisa
ser feito, a Boa Sorte talvez nunca chegue.

Criar as condições favoráveis requer dar
um primeiro passo. Faça isso hoje mesmo!

SEXTA REGRA DA BOA SORTE

Às vezes, mesmo que as condições favoráveis estejam
aparentemente presentes, a Boa Sorte não chega.

Procure nos pequenos detalhes o que for
aparentemente desnecessário mas imprescindível!

SÉTIMA REGRA DA BOA SORTE

Para quem só acredita no acaso,
criar as condições favoráveis parece absurdo.

Para quem se dedica a criar as condições favoráveis,
o acaso não é motivo de preocupação.

OITAVA REGRA DA BOA SORTE

Ninguém pode vender a sorte.
A Boa Sorte não se compra.

Desconfie dos vendedores da sorte.

NONA REGRA DA BOA SORTE

Após criar todas as condições favoráveis,
tenha paciência, não desista.

Para alcançar a Boa Sorte, tenha confiança.

DÉCIMA REGRA DA BOA SORTE

Para criar a Boa Sorte é preciso preparar as condições
favoráveis para as oportunidades.

As oportunidades, porém, não dependem de sorte
ou de acaso: elas estão sempre presentes!

SÍNTESE

Criar a Boa Sorte consiste unicamente
em criar as condições favoráveis!

A NOVA ORIGEM DA BOA SORTE

Se criar a Boa Sorte
é criar as condições favoráveis,
a Boa Sorte depende unicamente de você.

A partir de hoje, você também pode
criar a Boa Sorte!

A HISTÓRIA DA BOA SORTE
nunca chega às suas mãos por acaso.

*Este livro foi escrito
em oito horas, de um só fôlego.
No entanto, levamos
mais de três anos para
identificar as regras
da Boa Sorte.*

*Algumas pessoas só se lembrarão
das oito horas em que o escrevemos.
Outras só se recordarão
dos três anos.*

*As primeiras pensarão
que tivemos sorte.*

*As outras pensarão
que aprendemos e trabalhamos para
criar a Boa Sorte.*

Agradecimentos

A Gregorio Vlastelica, nosso editor na Urano, que, desde o princípio, acreditou no projeto. Graças à sua sensibilidade e generosidade, este relato teve, sem dúvida, um alcance maior do que o previsto pelos autores.

A cada um dos profissionais que formam a fantástica equipe da Ediciones Urano.

A Isabel Monteagudo e Maru de Montserrat, nossas agentes literárias, por seu sonho e incentivo. Pelas centenas de horas que dedicaram a contatar editores de todo o mundo e conseguir que uma história de dois barceloneses viesse à luz simultaneamente em tantos lugares; sem dúvida, um feito editorial sem precedentes.

A todos os coagentes da International Editors' Co. e, em especial, a Laura Dail, por sua tenacidade e sua fé neste pequeno livro. Só ela poderia conseguir que *A Boa Sorte* fosse publicado em todos os países de língua inglesa.

A Susan R. Williams, nossa editora nos Estados Unidos e em todos os países de língua inglesa. Susan teve a coragem de apostar no livro e fazer dele um projeto mundial.

A Philip Kotler, por sua bela citação, que nos autorizou a incluir na capa das edições de todo o mundo. Por seu inestimável apoio para que este livro fosse publicado nos Estados Unidos.

A Emilio Mayo, com quem compartilhamos a Boa Sorte há muitos anos e com quem esperamos continuar a compartilhá-la por muitos anos mais.

A Jordi Nadal, por seu talento e amizade. Jordi é o nosso Merlin particular.

A Manel Armengol, um verdadeiro Sid, amigo e companheiro: ele nos animou a partir em busca do trevo.

A Josep López, porque sua experiência editorial é fonte inesgotável de inspiração e aperfeiçoamento.

A Joseph Feliu, pelas ilustrações da edição original.

A Jorge Escribano, por nos mostrar o caminho para o Bosque Encantado e criar as condições que permitem o crescimento dos trevos.

A Montse Serret, por sua generosa ajuda, paixão e apoio desde que leu a primeira versão.

A Adolfo Blanco, por suas brilhantes observações e contribuições à primeira versão do texto, que permitiram realçar os pontos positivos que havia nela.

Aos nossos colegas e companheiros na Esade, a todos os participantes dos programas e seminários que ministramos, por serem fonte de inspiração.

Aos diversos mestres e professores, porque são a base de nosso aprendizado e conhecimento.

A María, Blanca e Alejo, por seu apoio e pelas horas roubadas. Eles estão por trás de cada história, em cada frase, em cada palavra.

A Mónica, Laia e Pol, por seu amor e carinho. Vocês são o motivo pelo qual faz sentido criar as condições para que, a cada dia, nasçam e cresçam trevos mágicos.

CONHEÇA OUTROS TÍTULOS DA EDITORA SEXTANTE

Propósito
Sri Prem Baba

Nesse livro, Sri Prem Baba expande o diálogo amoroso a que sempre se propôs, abordando temas que têm a ver com os anseios mais íntimos do ser humano.

Aqui o leitor vai vislumbrar o horizonte de um trajeto precioso que o levará ao interior de si mesmo. Quando chegar ao seu destino, encontrará o Propósito de sua existência. Essa viagem será vigorosa, transformadora e única, mas poderá ser realizada com serenidade.

Sri Prem Baba é um mestre em ensinar o caminho do amor que renova os fundamentos da existência e pode alterar os rumos da vida pessoal e coletiva. O líder humanitário afirma que "não somos uma gota d'água no oceano", pois "o amor nos faz ser o próprio oceano". Também explica que a paisagem interna deverá ser esquadrinhada para que possamos discernir amorosamente qual é o nosso papel no mundo.

O livro está dividido em sete partes. Ao longo das seis primeiras, que tratam do nascimento à transcendência, o leitor encontrará as coordenadas para fazer a própria viagem interior. Na sétima, aprenderá as chaves práticas que vão guiar suas descobertas rumo ao despertar do amor.

As coisas que você só vê quando desacelera
HAEMIN SUNIM

De tempos em tempos, surge um livro que, com sua maneira original de iluminar importantes temas espirituais, se torna um fenômeno tão grande em seu país de origem que acaba chamando a atenção e encantando leitores de todo o mundo.

Escrito pelo mestre zen-budista sul-coreano Haemin Sunim, *As coisas que você só vê quando desacelera* é um desses raros e tão necessários livros para quem deseja tranquilizar os pensamentos e cultivar a calma e a autocompaixão.

Ilustrado com extrema delicadeza, ele nos ajuda a entender nossos relacionamentos, nosso trabalho, nossas aspirações e nossa espiritualidade sob um novo prisma, revelando como a prática da atenção plena pode transformar nosso modo de ser e de lidar com tudo o que fazemos.

Você vai descobrir que a forma como percebemos o mundo é um reflexo do que se passa em nossa mente. Quando nossa mente está alegre e compassiva, o mundo também está. Quando ela está repleta de pensamentos negativos, o mundo parece sombrio. E quando nossa mente descansa, o mundo faz o mesmo.

Me Poupe!
Nathalia Arcuri

Como economizar no dia a dia? Como poupar mesmo ganhando pouco? Quais são os melhores (e os piores) investimentos? Como poupar para o futuro sem abrir mão dos desejos e necessidades do presente?

Sei que você tem muitas dúvidas sobre o que fazer com o seu dinheiro. Sei também que muita gente simplesmente não faz nada com ele – a não ser pagar contas e juntar moedinhas para chegar até o fim do mês.

É por isso que estou aqui.

Sempre fui uma poupadora compulsiva. Desde cedo compreendi que precisaria juntar dinheiro para realizar meus sonhos. Aos 7 anos comecei a poupar para comprar um carro quando fizesse 18. Com 23 comprei meu primeiro apartamento à vista. Aos 30 pedi demissão do meu emprego de repórter de TV e montei o canal Me Poupe!, no YouTube. Aos 32 me tornei milionária.

Hoje o Me Poupe! tem mais de 1,5 milhão de inscritos e é visto por mais de 8 milhões de pessoas por mês, sendo pioneiro na criação do conceito de entretenimento financeiro ao falar de dinheiro com leveza e bom humor. Tenho orgulho de dizer que, aos 33 anos, estou perto de conquistar minha independência financeira.

Vou contar para você como cheguei até aqui, as roubadas em que me meti, as dúvidas que tive e tudo o que aprendi ao longo desses anos. Mas este livro não é sobre mim. É sobre você, o seu dinheiro e a maneira como vem lidando com ele até agora.

Eu resolvi escrevê-lo para passar uma mensagem curta e grossa: você pode sair do buraco, não importa qual o tamanho dele.

Nathalia Arcuri

CONHEÇA ALGUNS DESTAQUES DE NOSSO CATÁLOGO

- Augusto Cury: Você é insubstituível (2,8 milhões de livros vendidos), Nunca desista de seus sonhos (2,7 milhões de livros vendidos) e O médico da emoção
- Dale Carnegie: Como fazer amigos e influenciar pessoas (16 milhões de livros vendidos) e Como evitar preocupações e começar a viver
- Brené Brown: A coragem de ser imperfeito – Como aceitar a própria vulnerabilidade e vencer a vergonha (900 mil livros vendidos)
- T. Harv Eker: Os segredos da mente milionária (3 milhões de livros vendidos)
- Gustavo Cerbasi: Casais inteligentes enriquecem juntos (1,2 milhão de livros vendidos) e Como organizar sua vida financeira
- Greg McKeown: Essencialismo – A disciplinada busca por menos (700 mil livros vendidos) e Sem esforço – Torne mais fácil o que é mais importante
- Haemin Sunim: As coisas que você só vê quando desacelera (700 mil livros vendidos) e Amor pelas coisas imperfeitas
- Ana Claudia Quintana Arantes: A morte é um dia que vale a pena viver (650 mil livros vendidos) e Pra vida toda valer a pena viver
- Ichiro Kishimi e Fumitake Koga: A coragem de não agradar – Como se libertar da opinião dos outros (350 mil livros vendidos)
- Simon Sinek: Comece pelo porquê (350 mil livros vendidos) e O jogo infinito
- Robert B. Cialdini: As armas da persuasão (500 mil livros vendidos)
- Eckhart Tolle: O poder do agora (1,2 milhão de livros vendidos)
- Edith Eva Eger: A bailarina de Auschwitz (600 mil livros vendidos)
- Cristina Núñez Pereira e Rafael R. Valcárcel: Emocionário – Um guia lúdico para lidar com as emoções (800 mil livros vendidos)
- Nizan Guanaes e Arthur Guerra: Você aguenta ser feliz? – Como cuidar da saúde mental e física para ter qualidade de vida
- Suhas Kshirsagar: Mude seus horários, mude sua vida – Como usar o relógio biológico para perder peso, reduzir o estresse e ter mais saúde e energia

sextante.com.br